Günter Fanghänel

Der Tote mit zwei Köpfen

Ein Eppertshausen – Krimi

AF192274

Dieses Buch ist ein Roman. Handlung und
Personen sind frei erfunden.
Alle Straßen- und Firmennamen sind fiktiv.

ISBN: 978-3-8192-9810-3
Verlag: BoD · Books on Demand GmbH, Überseering 33,
22297 Hamburg, bod@bod.de
Druck: Libri Plureos GmbH, Friedensallee 273,
22763 Hamburg
© 2025. Autor und Herausgeber: Dr. habil. Günter Fanghänel,
Eppertshausen.
1. Auflage 2025. Alle Rechte beim Autor und Herausgeber.

Der Tote mit
zwei Köpfen

1.

Eppertshausen, der kleine beschauliche hessische Ort, liegt mitten zwischen den Städten Aschaffenburg, Darmstadt, Frankfurt und Offenbach. Es ist an drei Seiten von schönen Wäldern umgeben, nur nach Süden öffnet sich der Blick über die Nachbargemeinde Münster bis zu den Hängen des Odenwaldes.

Die Geschichte des Ortes war wechselvoll. Bei der im 5. bis 8. Jahrhundert erfolgten Landnahme durch die Franken wurden nur Felder und Wiesen Privateigentum, Wälder, Weiden, Gewässer und Bodenschätze blieben gemeinsames Eigentum aller und wurden durch sogenannte Markgenossenschaften verwaltet. Eppertshausen, das im Jahre 836 erstmals als *Ecgiharteshuson* in einer Zinsliste der Benediktinerabtei Seligenstadt erwähnt wurde, gehörte zur Mark Babenhausen. Diese war im frühen Mittelalter im Besitz der Grafen von Hanau wie auch das gesamte als *Die Abtei* bezeichnete Waldgebiet, westlich und nördlich davon lag der *Wildbann Dreieich*. Zu dessen Schutz wurde an der Südflanke eine Turmburg errichtet, um die herum sich der Ort Eppertshausen entwickelte. Als Vögte waren die in Dieburg ansässigen Herren von Groschlag eingesetzt. Dieburg gehörte fast im gesamten Mittelalter zum Erzbistum bzw. Kurfürstentum Mainz und ist heute bekannt durch seine Wallfahrtskirche, durch viele schöne Fachwerkhäuser sowie durch seinen am Fastnachtsdienstag stattfindenden Umzug, einen der größten in Hessen.

Bis 1799 hatten die Herren von Groschlag in Eppertshausen das Sagen, wobei gegenseitige Ansprüche zwischen den Erzbischöfen von Mainz einerseits und den Grafen von Hanau andererseits der Entwicklung des Ortes keineswegs förderlich waren. Dieser Streit gipfelte in einer Entscheidung des Reichstages zu Konstanz von 1507, wonach die wirtschaftlichen Belange durch das Märkergericht Babenhausen, also den Hanauern, entschieden wurden, politische Belange aber durch das Zentgericht Dieburg, also den Mainzern. Ab 1806 gehörte Eppertshausen dann zum Großherzogtum Hessen-Darmstadt und damit nach 1945 zum Bundesland Hessen. Im 19. Jahrhundert waren Töpfereien, Ziegelhütten und später auch Lederwarenfabrikation neben der nach wie vor dominierenden Landwirtschaft wichtige Erwerbsquellen für die Bevölkerung. Als dann 1905 die Dreieichbahn zwischen Dieburg und Dreieich-Buchschlag ihren Betrieb aufnahm, waren die Städte Darmstadt und Frankfurt leicht erreichbar. Viele Pendler nutzten vom Bahnhof Eppertshausen diese Möglichkeit, was wesentlich zu einem weiteren Aufschwung des Ortes beitrug.

Bei der 1974 in Hessen vorgenommenen Gebietsreform, die im Norden die künstliche

Stadt Rödermark hervorbrachte und im Osten viele Dörfer nach Babenhausen eingemeindete, gelang es Eppertshausen, seine Selbständigkeit zu bewahren.

Dies, sowie die gute geografische Lage zusammen mit einer recht guten Verkehrsanbindung über Schiene und Straße, vor allem aber die sehr kluge und vorausschauende Kommunalpolitik der vergangenen Jahre waren ursächlich, für die sehr positive Entwicklung des Ortes. So wurde 2007 das Gewerbegebiet *Park 45* seiner Bestimmung übergeben und in den Neubaugebieten *Im Eichstumpf* und *Am Abteiwald* sind in den letzten Jahren zahlreiche Neubauten, meist Einfamilienhäuser, entstanden und die Lücke zum vorher etwas abseits gelegenen Ortsteil *Failisch* wurde nahezu geschlossen. 2024 wurde das Seniorenzentrum St. Barbara seiner Bestimmung übergeben. Hier gibt es neben zahlreichen, sehr modern eingerichteten Pflegeplätzen auch einige altersgerechte Wohnungen.

In den letzten Jahren ist Eppertshausen auch in die Schlagzeilen geraten, weil es Schauplatz mehrerer fiktiver Kriminalfälle war.[1]

---

[1] *Die Tote im Abteiwald;*   BoD 2019
     Der Tote in der Dreieichbahn;   BoD 2020;
     Die Toten bei der Thomashütte;   BoD 2021.
     Die Tote in der Sauna;   BoD 2023
     Der Tote in Nachbars Garten;   BoD 2024

In allen diesen Fällen war Kriminalhauptkommissar Lutz Waski Leiter der Ermittlungen. Dieser war zusammen mit seiner Frau Steffi 2019 nach Eppertshausen gezogen.

Steffi und Lutz Waski hatten 2015 geheiratet und waren zuvor beide bei der Kriminalpolizei in Gera beschäftigt, sie als Chefsekretärin der MUK[2], er zum Schluss als Oberkommissar.

Steffi stammt aus Eppertshausen und ihre Eltern, Lieselotte (genannt Lilo) und Werner Bremer, beide ehemalige Lufthanseaten, hatten Mitte der 80-iger Jahre des vorigen Jahrhunderts in der Straße *Am Kreuzfeld* ein schönes Zweifamilienhaus gebaut.

Dort ist Steffi mit ihrem Mann Lutz und dem damals einjährigen Tobias eingezogen. Steffis Eltern hatten sich im Erdgeschoss eingerichtet und zuvor richtig viel Geld in die Hand genommen, um die obere Etage für die jungen Leute herzurichten. Es wurden alle Zimmer renoviert, eine moderne Küche eingebaut und das Bad völlig umgestaltet. Im Gäste-WC gibt es jetzt eine zusätzliche Duschkabine.

Der Umzug nach Hessen wurde auch möglich, weil Lutz die Stelle des Leiters der Abteilung *Gewaltverbrechen* im Kommissariat K10 der

---

[2] MUK steht für Morduntersuchungskommission.
Einige Fälle deren Arbeit sind beschrieben in:

Der Tote vom Teufelstal	Bod 2012
Der Tote auf Gleis 2	*BoD 2014*
Die Tote in Kabine 8032	*BoD 2016*

Regionalen Kriminalinspektion (RKI) Darmstadt erhalten hatte und zum Kriminalhauptkommissar befördert worden war.

Es war der 21. Juli, ein Montag, an dem die dritte Woche der Sommerferien begonnen hatte. Lutz Waski und seine Frau Steffi hatten eine Woche Urlaub und sie wollten mit den Kindern und Großeltern einige Ausflüge in die nähere Umgebung unternehmen Für heute stand das *Felsenmeer* bei Lautertal im Odenwald auf dem Programm und dann wollte man noch nach Worms an den Rhein fahren.

Die beiden Kinder, der siebenjährige Tobias und seine drei Jahre jüngere Schwester Cosima, saßen schon zappelig am Frühstückstisch und wollten wissen, wann es nun endlich losgehen würde.

Oma Lilo erklärte, dass alle erst in Ruhe frühstücken sollten und dass sie für Mittag schon einen Picknickkorb vorbereitet hat. Sie sagte dann; „Opa Werner wird aber nicht mitkommen."

„Das ist aber schade, ich wollte doch auf seinen Schultern reiten", kam es von Cosima.

„Warum muss Opa denn zu Hause bleiben?" wollte Tobias wissen.

Sie erfuhren, dass Werner Bremer keineswegs daheimbleibt, sondern mit Dr. Dreikorn nach Darmstadt fahren wird.

Doktor Dieter Dreikorn ist leitender Oberarzt der Kardiologie eines Darmstädter Krankenhauses und hat als langjähriger Nachbar und guter Freund angeboten, Werner Bremer einmal gründlich durchzuchecken, weil der sich seit einigen Tagen schlecht fühlt.

Das Frühstück war zu Ende, das Geschirr abgeräumt und es herrschte allgemeine Aufbruchstimmung. Da klingelte das Handy von Lutz. Der schaute auf das Display, sagte: „Die Dienststelle" und nahm das Gespräch an.

Am anderen Ende war sein Chef, Kriminalrat Torsten Haase, der Leiter des Kommissariats K10 der RKI Darmstadt. Er sagte: „Lutz, ich weiß, Sie haben Urlaub, aber es gibt da einen sehr ungewöhnlichen Fall bei Ihnen in Eppertshausen und ich muss Sie bitten, sich darum zu kümmern.

In Ihrem Ort werden heute die grünen Tonnen für den Biomüll geleert und dabei haben die Müllwerker im Gewerbegebiet *Park 45* eine schreckliche Entdeckung gemacht. Routinemäßig wird kurz in jede Tonne geschaut, bevor sie auf die Vorrichtung des Müllwagens gestellt und dann auf Hebeldruck entleert wird. Dabei wurde festgestellt, dass in einer der Tonnen zuoberst ein menschlicher Kopf lag.

Man hat natürlich alle weiteren Arbeiten sofort eingestellt und die Polizei alarmiert. Die Kollegen aus Dieburg müssten inzwischen vor Ort sein. Lutz ich bitte Sie, zu dem Fundort des Kopfes zu fahren und vorerst die Leitung der Untersuchung zu übernehmen. Ich hoffe, Sie sind noch nicht allzu weit weg von zu Hause."

Kommissar Waski sagte, dass er noch zu Hause sei, aber eigentlich mit der Familie in den Odenwald fahren wollte. Natürlich würde er aber sofort zum *Park 45* aufbrechen.
Den Frauen und Kindern erklärte er, dass man ihn dringend im Gewerbegeiet brauchen würde und er meinte: „Da müsst ihr vier eben ohne männlichen Schutz auskommen,"
Tobias warf sich in die Brust und sagte:
„Ich bin ja auch noch da."

Unter Schmunzeln verabschiedete sich Lutz und fuhr seinem neuen Fall entgegen.

2.

Montag, 21. Juli; 9:30 Uhr

Lutz Waski erreichte den *Park 45* und die angegebene Adresse in der Einsteinstraße.

Im Hof eines großen Firmengebäudes, an dessen Front das Logo *EMS* prangte, sah er den Streifenwagen der Dieburger Kollegen sowie das Spezialfahrzeug der Biomüllentsorgung. Der Kommissar ging auf die Gruppe von Leuten zu, die um eine grüne Tonne standen und rege diskutierten,

„Hallo, Kollege Krause", begrüßte er den Führer der Dieburger Polizeistreife. „Als erstes, Herr Hauptkommissar, gratuliere ich Ihnen zur Beförderung und dann muss ich sagen, es ist schon komisch, dass wir uns immer treffen, wenn es hier bei uns einen Toten gibt.[3] Wer ist denn die hübsche junge Frau, die Sie dieses Mal mitgebracht haben?"

„Das ist Polizeimeisterin Birgit Peters, die frisch von der Schule zu uns gekommen ist," antwortete Uwe Krause.

Seine Kollegin, die mit ihrer sportlichen Figur und den kurzen rötlichen Haaren – ob echt oder gefärbt, war nicht zu erkennen – in ihrer Uniform sehr gut aussah, gab Lutz Waski die

---

[3] Siehe:

Die Tote im Abteiwald;	BoD 2019
Die Tote in der Sauna:	BoD 2023
Der Tote in Nachbars Garten;	BoD 2024

Hand und sagte: „Herr Hauptkommissar, ich freue mich Sie kennenzulernen, ich habe schon viel von Ihnen gehört."

Waski lächelte und sagte: „Die Titelei lassen wir weg. Im Allgemeinen reden wir uns mit den Vornamen und „Sie" an. Also, Birgit, da wollen wir uns einmal die Sachlage ansehen."

Damit wandte er sich an die beiden Mitarbeiter des Entsorgungsbetriebes und bat um eine Schilderung des Geschehens.

Der Ältere von ihnen ergriff das Wort. „Kollege Reimer und ich haben unsere Tour pünktlich 6:00 Uhr in unserem Betriebshof begonnen. Nach Überprüfung des Fahrzeuges und Erledigung des Papierkrams sind wir gegen 6:30 Uhr losgefahren, auf der üblichen Runde. Es lief alles normal. Ich bin gefahren und Erich hat die Tonnen zum Fahrzeug gebracht, die dann automatisch geleert werden."

Erich Reimer mischte sich ein: „Wie es die Vorschrift ist, habe ich in jede Tonne vorher hineingeschaut, manchmal liegt da Zeug drin, dass mit Bioabfall absolut nichts zu tun hat. In einem solchen Fall wird die Tonne nicht entleert. Kurz vor halb Acht habe ich dann in diese Tonne hier geschaut und mit Entsetzen einen menschlichen Kopf gesehen. Er lag ganz oben und hat mich angesehen. Ich habe wohl laut geschrien und Jens kam sofort aus dem Fahrerhaus. Wir haben dann den Motor abgestellt, die Polizei gerufen und die Zentrale verständigt."

13

"Na, da wollen wir mal in die Tonne gucken", meinte der Kommissar. Man hob den Deckel und alle sahen oben auf einem Haufen Laub den Kopf, drapiert fast wie im Schaufenster, „Den kenne ich", rief Polizeimeisterin Peters. „Das ist – nein war – Friedrich Stegel. Von ihm war eine Todesanzeige mit Bild in der *Offenbach Post* und die Beerdigung war, wenn ich mich recht erinnere, am letzten Freitag."

„Birgit, Sie haben wirklich ein gutes Gedächtnis", lobte Lutz Waski. „Bitte besorgen Sie die Anzeige. Wir entscheiden dann, wie es weiter geht."

Noch während seiner Rede kam ein schweres Motorrad auf den Hof gebraust und hielt kurz vor dem Müllauto.

„Da kommt ja der *Rasende Heiko*," sagte Lutz Waski. Der Gerichtsmediziner Dr. Heiko Bruns hatte diesen Spitznamen, weil er meist mit seiner Honda zu den Tatorten kam.

Dr. Bruns legte den Sturzhelm ab, zog die Handschuhe aus und kam zu der Gruppe.

„Hallo Lutz", begrüßte er den Kommissar. „Aus welchem Keller habt ihr denn dieses Mal eine Leiche ausgegraben?"

„Mit einer ganzen Leiche können wir nicht, vielleicht noch nicht, dienen. Wir haben nur einen Kopf, der in einer Biomülltonne präsentiert wurde," lautete die Antwort,

„Wir vermuten, dass dies der Kopf von Friedrich Stegel ist, der am vergangenen Freitag beerdigt wurde, aber alles andere ist noch völlig rätselhaft", beendete Lutz Waski seine Rede.

Dr. Bruns untersuchte den Kopf und sagte nach kurzer Zeit: „Ich kann mit der gebotenen Vorsicht folgende Feststellungen treffen:

1. Der Kopf wurde post mortem, also nach dem Tod vom Rumpf getrennt;
2. Das Ganze ist mindestens 4 Tage her;
3. Es gibt Anzeichen, dass Gift im Spiel war.

Ich werde das gute Stück jetzt mit nach Frankfurt nehmen und in unserem Institut genauer untersuchen. Übrigens hättet ihr mir den Kopf auch gleich schicken können, was mir den Ritt auf meinem Rennpferd erspart hätte.

Dann solltet ihr den Rest von Friedrich Stegel ausbuddeln und mir nach Frankfurt liefern. Wenn ich alles auf dem Tisch und untersucht habe, sehen wir weiter."

Dr. Bruns wollte schon den Kopf in Folie verpacken und in einer der Seitentaschen seiner Honda verstauen, als Kommissar Waki Einhalt gebot. „Kollegin Peters hat aus dem Internet die Traueranzeige von Friedrich Stegel heruntergeladen und das Bild auf ihrem Laptop vergrößert. Wir alle sollten uns das ansehen und mit dem gefundenen Kopf vergleichen."

So geschah es und alle Anwesenden stimmten darin überein, dass das Foto den gefundenen Kopf zeigt.

Dr. Bruns verabschiedete sich und Kommissar Waski erklärte den Müllwerkern, dass Frau

Peters noch ein Protokoll aufnehmen würde und sie dann ihre Arbeit fortsetzen könnten.

Danach telefonierte er mit seinem Chef, Kriminalrat Torsten Haase, und bat, die Exhumierung von Friedrich Stegel einzuleiten und seine Mitarbeiter für 12:00 Uhr zu einer Besprechung zu bitten.

Torsten Haase sagte zu und erklärte, dass er an der Besprechung teilnehmen wolle.

Kommissar Waski besprach sich noch kurz mit den Dieburger Kollegen und meinte, es wäre gut, wenn diese Informationen über die Familie Stegel und die Beerdigung am vergangenen Freitag beschaffen würden. Dabei sollte der grausige Fund aber nicht erwähnt werden. Die beiden Angestellten des Entsorgungsunternehmens waren entsprechend vergattert worden.

Lutz Waski verabschiedete sich, wobei er bemerkte, dass man sich bei der anstehenden Exhumierung sicher wieder treffen würde,

3.

Montag, 21. Juli; 12:00 Uhr

Im Beratungsraum des Kommissariats K10 der REGIONALEN KRIMINALINSPEKTION (RKI) Darmstadt hatten sich die Mitarbeiter der Abteilung *Gewaltverbrechen* versammelt.

An dem langen Tisch saßen an der Stirnseite Lutz Waski und Torsten Haase.

Links und rechts hatten Hauptkommissarin Melanie Forstmann und die Kommissare Gisela Bernd und Ralf Kleinert sowie die Kommissaranwärterin, Miriam Fendt, Platz genommen[4].

Lutz Waski eröffnete die Beratung und schilderte den Fund, der im Eppertshausener Industriegebiet *Park 45* beim Abtransport von Biomüll gemacht wurde. Er stellte fest: „Da der Kopf von Friedrich Stegel nach Aussagen des Gerichtsmediziners erst nach dem Tod abgetrennt wurde, liegt zunächst kein Tötungsdelikt, sondern ein Fall von Leichenschändung vor. Damit wäre das Ganze kein Fall für uns, es sei denn, Dr. Bruns hätte mit seiner Vermutung recht und Friedrich Stegel ist vergiftet worden.

Dennoch steht die Frage im Raum, von wem und warum wurde der Kopf abgetrennt und so drapiert, dass er gefunden werden musste.

---

[4] Eine Aufstellung der wichtigsten Personen befindet sich an Schluss des Buches

Vielleicht können die Dieburger Kollegen hierzu Nützliches in Erfahrung bringen.
Wir müssen – so meine ich – auf das Ergebnis der Exhumierung warten."

Kriminalrat Hasse wollte die Beratung schon beenden, als sich auf seinem Handy Hauptkommissar Krause aus Dieburg meldete.
„Es ist sehr gut, dass Sie anrufen", erhielt er zur Antwort. „Wir sind hier alle zusammen und ich stelle laut, da können die Kollegen direkt hören, was Sie uns berichten können."
So erfuhren alle das Folgende:
Friedrich Stegel war Chef von *EMS* (ELEKTROMOTOREN STEGEL).
Diese Firma produziert Elektromoto
ren unterschiedlichster Art, wie sie in Haushaltsgeräten, Fahrzeugen (Scheibenwischer; Fensterheber usw.) und im Wohnungsbau (Aufzüge; Rollläden) gebraucht werden. *EMS* beschäftigt allein am Hauptsitz in Eppertshausen etwa 400 Mitarbeiter und hat noch eine Filiale in Bregenz.
Die Familienverhältnisse scheinen etwas verworren. Friedrich Stegel war in zweiter Ehe verheiratet. Seine Frau ist 30 Jahre jünger. In der gemeinsamen Wohnung, die sich im Gebäude der Firma befindet, lebt wohl auch noch der Bruder der Frau.
Seine Exfrau hat das Haus in Groß-Umstadt behalten und dort wohnt auch der Sohn aus dieser ersten Ehe mit seiner Familie.

Die Mutter von Friedrich Stegel soll in einem Seniorenheim leben und über 90 Jahre alt und ziemlich dement sein.

Diese Informationen habe ich von Helge Reiter, der als Geschäftsführer bei *EMS* angestellt ist. Er wusste auch von einer heftigen Auseinandersetzung zwischen Friedrich Stegel und einem Konkurrenten aus Erlangen zu berichten. Er wollte oder konnte aber nicht mehr dazu sagen. Es habe dabei wohl auch Morddrohungen gegeben."

Kriminalrat Haase bedankte sich und beendete das Gespräch. Dann sagte er zu seinen Mitarbeitern: „Wir werden die Exhumierung von Friedrich Stegel abwarten müssen. Ich werde mich bemühen, dass diese so schnell wie möglich – ich hoffe noch heute – stattfinden kann. Sobald ich genauere Informationen habe, werden wir die nächsten Schritte festlegen. Jetzt können wir erst einmal an unsere normale Arbeit gehen."

Damit war die Beratung beendet.

4.

Montag, 21. Juli; 20:00 Uhr

An dem frischen Grab, in dem vor drei Tagen Friedrich Stegel beigesetzt worden war, hatten sich einige Personen versammelt, um bei der Exhumierung anwesend zu sein.

Die Genehmigung der Staatsanwaltschaft war zügig erteilt worden und ein junger Mitarbeiter dieser Behörde war anwesend. Von der Polizei waren Hauptkommissar Waski und sein Mitarbeiter, Kriminalkommissar Kleinert, dabei sowie die Dieburger Kollegen Hauptkommissar Krause und Polizeimeisterin Peters. Vervollständigt wurde die Runde durch einen Vertreter des Frankfurter Institutes für Rechtsmedizin und einem evangelischen Geistlichen. Außerdem waren zwei Mitarbeiter der Friedhofsverwaltung mit den notwenigen Gerätschaften da.

Die Angehörigen des Verstorbenen waren zwar informiert worden, hatten aber ihr Kommen abgelehnt.

Ein kleiner Bagger kam zu Einsatz, um den Sarg freizulegen. Mit einer Schaufel bewaffnet stieg einer der Friedhofsangestellten in die Grube, legte Gurte um den Totenschrein und gab das Zeichen, dass man diesen anheben könne.

Das geschah und der Schrein wurde neben dem geöffneten Grab abgestellt.

Der Sarg wurde geöffnet und alle Anwesenden schauten hinein. Sie hatten sich innerlich darauf eingestellt, einen Leichnam ohne Kopf vorzufinden.

Dem war aber nicht so!

Im Sarg lag friedlich die Leiche von Friedrich Stegel, so wie sie am vergangenen Donnerstag, einen Tag vor der Beisetzung, hineingebettet worden war.

Alle waren verblüfft.

Die junge Polizeimeisterin Birgit Peters fand als Erste Worte und rief: „Der Tote hier hat ja den gleichen Kopf wie der von heute früh. Wir haben einen Toten mit zwei Köpfen!"

Kommissar Waski übernahm die Gesprächsführung: „Ein Toter mit zwei Köpfen ist natürlich Unsinn. Richtig ist aber: Wir haben zwei auf den ersten Blick völlig gleiche Köpfe, was auf Zwillinge schließen lässt. Aber nur zu einem der Köpfe haben wir auch den restlichen Körper. Es stellen sich daher folgende Fragen:
Wer ist der tote Zwillingsbruder von Friedrich Stegel?

Wo kommt er her?

Wie kam er zu Tode?

Wer hat seinen Kopf abgetrennt und warum?

Vor allem aber: Wo ist der restliche Leichnam?

In diese Richtung haben wir heute früh überhaupt nicht gedacht, weil wir fälschlicherweise angenommen hatten, dass der gefundene Kopf zu Friedrich Stegel gehört. Der Torso seines Zwillingsbruders kann sich also durchaus in einer der anderen Mülltonnen befunden haben, was, wenn er weiter unten lag, nicht bemerkt wurde. Wir werden daher als erstes den Weg des heute eingesammelten Biomülls verfolgen müssen und morgen in aller früh mit Leichensuchhunden die Deponie auf den Kopf stellen.

Über das weitere Vorgehen entscheiden wir auch morgen früh. Ich halte eine Reihe von Befragungen für notwendig.

Für 8:00 Uhr werde ich eine Dienstbesprechung anberaumen.

Der Leichnam von Friedrich Stegel wird in die Gerichtsmedizin nach Frankfurt überführt.
Dr. Bruns wird sicher einen ausführlichen DNA-Abgleich mit dem heute früh gefundenen Kopf durchführen wollen. Außerdem habe ich seinen Verdacht bezüglich einer möglichen Vergiftung noch im Hinterkopf.

Ich hoffe, die Staatsanwaltschaft ist mit meinen Entscheidungen einverstanden."

Lutz Waski erntete ein zustimmendes Kopfnicken.

Dann wurde das Grab wieder verschlossen, so dass auf den ersten Blick nicht zu erkennen war, dass sich überhaupt kein Sarg darin befand.

Bevor man auseinander ging, forderte Kommissar Waski alle auf, über das gesamte Geschehen absolutes Stillschweigen zu bewahren, vor allem über die Tatsache, dass zwei identische menschliche Köpfe im Spiel sind.

Man trennte sich. Lutz Waski fuhr nach Hause, um von dort aus seinem Chef einen ausführlichen Bericht zu liefern und mit ihm das weitere Vorgehen zu beraten.

5.

Dienstag, 22. Juli; 7:30 Uhr

Im Büro des Kriminalrats Torsten Haase saß dieser mit seinem Hauptkommissar Lutz Waski an einem kleinen runden Tisch.

Lutz, der Leiter der Abteilung *Gewaltverbrechen*, informierte zusätzlich zum gestrigen Telefongespräch seinen Chef in aller Ausführlichkeit über die Exhumierung von Friedrich Stegel. Dabei meinte Lutz Waski, es sei ein Fehler von ihm gewesen, nicht auf einer Untersuchung der restlichen Biomülltonnen in *Park 45* bestanden zu haben.

Torsten Haase antwortete: „Ich habe in meiner langjährigen Tätigkeit nicht nur einmal erlebt, dass Zwillinge eine Rolle gespielt haben. Aber an einen Fall, wo zunächst nur zwei Köpfe auftauchten, kann ich mich nicht erinnern. Ich wäre, Kollege Waski, genau wie Sie anhand des Fotos auf der Traueranzeige davon ausgegangen, dass der Kopf von Friedrich Stegel in der Mülltonne gefunden wurde. Es gibt also keinen Grund, sich Vorwürfe zu machen. Ich habe übrigens vorhin schon mit Daniel (das ist der Leiter der KTU[5], Hauptkommissar Daniel Goebel) telefoniert. Er hat seine Leute schon losgeschickt, um die Deponie abzusuchen, wo

---

[5] KTU ist die gängige Abkürzung für die Abteilung *Kriminaltechnische Untersuchungen*, zu der auch alles gehört, was die Spurensuche und -sicherung betrifft.

die Bioabfälle von gestern entladen wurden. Zwei Leichenspürhunde sind dabei."

„Na, hoffentlich wird man dort fündig", meinte Lutz Waski. „Wir müssen auch sehr schnell in Erfahrung bringen, was es mit diesem Zwillingsbruder von Friedrich Stegel auf sich hat. Wo hat er gelebt? Was hat er gemacht? Wie kam er nach Eppertshausen?
Ich halte es für erforderlich, dass wir uns gründlich mit der Familie Stegel befassen und auch im gesamten Umfeld recherchieren. Ich habe schon einmal versucht, alle Personen zu erfassen, mit denen wir uns beschäftigen müssen. Ich habe hier eine entsprechende Liste auf meinem Laptop und möchte diese nachher zur Grundlage unserer Beratung machen."

Kommissar Waski zeigte die Liste seinem Chef. Torsten Haase sah sie sich gründlich an und nickte zustimmend und sagte: „Lutz, das ist schon einmal eine gute Arbeit. Damit haben wir eine Basis für das weitere Vorgehen. Wenn sich herausstellt, dass einer der Zwillinge Stegel, oder sogar beide, einem Gewaltverbrechen zum Opfer gefallen sind, werden wir eine Sonderkommission bilden. Zunächst gilt es aber, das Ergebnis der forensischen Untersuchungen abzuwarten.
An der Beratung jetzt kann ich nicht teilnehmen, möchte nachher aber bitte gleich informiert werden."

Es war inzwischen kurz nach 8:00 Uhr.

Kommissar Waski ging in den Beratungsraum, wo die Mitarbeiter seiner Abteilung bereits vollzählig versammelt waren.

Er informierte sie über das Ergebnis der Exhumierung von Friedrich Stegel sowie über seine Unterhaltung mit dem Kriminalrat. Dann stellte er fest: „Ich sehe folgende Aufgaben, die wir lösen müssen:

Erstens sind die Ergebnisse von der Gerichtsmedizin abzuwarten. Miriam, telefonieren Sie nachher doch bitte mit Dr. Bruns, ich denke, Sie haben ja einen besonders guten Draht zu ihm", wandte er sich an seine junge Kollegin. Miriam Fendt hatte in der Vergangenheit ein paar Male Einladungen von Dr. Bruns angenommen. Ob da mehr war, wollte keiner wissen.

Die so Angesprochene wurde ein bisschen rot und nickte zustimmend.

„Zweitens," setzte Lutz Waski seine Rede fort, „muss die Identität des Zwillingsbruders von Friedrich Stegel geklärt werden.

Drittens schließlich muss sein Köper gefunden werden.

Sollte sich herausstellen, dass die beiden Brüder auf natürliche Weise zu Tode kamen, bleibt als Delikt nur das Abtrennen des Kopfes, also Leichenschändung, und wir wären außen vor. Ich denke aber, Dr. Bruns hat mit seiner Vermutung recht, und wir haben es mit gewaltsamen Tötungen zu tun und dann gibt es reichlich Arbeit für uns.

Dabei halte ich es für vordringlich, möglichst umfassende Informationen über die Familie Stegel und ihr Umfeld zu gewinnen. Ich habe hier dank der guten Arbeit der Dieburger Kollegen eine Aufstellung der infrage kommenden Personen anfertigen können."

Damit projizierte er von seinem Laptop folgende Liste auf die Leinwand:
- Friedrich Stegel;
- sein Zwillingsbruder;
  (Diese zwei sind ja tot, können also nicht befragt werden;
- Margarete Stegel, Mutter der beiden;
- Renate Stegel, geb, Schütz, 1. Ehefrau von Friedrich Stegel;
- Wolf-Dieter Stegel, Sohn von Friedrich und Margarte Stegel:
- Ilona Stegel, geb. Wolf, 2. Ehefrau von Friedrich Stegel;
- Simon Wolf; ihr Bruder.

Lutz Waski redete weiter: „Das sind die Angaben, die uns bisher zur Familie Stegel vorliegen.

Dann gilt es natürlich auch, sich genauer in der Firma *EMS* umzusehen und umzuhören. Hier ist uns aber bisher nur der Name des Geschäftsführers bekannt, er heißt Helge Reiter und soll so um die Fünfzig sein.

Ich werde gleich nach unserer Beratung in diese Firma fahren.

Melanie", er sah seine Stellvertreterin Hauptkommissarin Forstmann an, „Dich bitte ich, ein Gespräch mit Renate Stegel zu führen, die ja ziemlich lange mit Friedrich Stegel verheiratet war und eigentlich wissen müsste, was es mit dem Zwillingsbruder auf sich hat.

Mit der zweiten Frau von Friedrich Stegel werde ich reden, wenn meine Recherchen in der Firma *EMS* beendet sind.

Kommissarin Gisela Bernd bitte ich, sich mit unserer *Spusi* kurzzuschließen und ein bisschen Druck zu machen. Es ist sehr wichtig, dass der Rumpf des Zwillingsbruders gefunden wird.

Außerdem müssen wir uns um die amtlichen Unterlagen von Friedrich Stegel kümmern. Also: Geburtsurkunde, Personalausweis, Reisepass, Führerschein, Angaben bei Versicherungen, Vereinen usw.

Stegel ist laut Traueranzeige am 3. August 1950 geboren. Die Eltern haben damals in Groß-Umstadt gewohnt. Wenn Zwillinge geboren wurden, muss das doch im zuständigen Standesamt eingetragen sein.

Ralf bitte ich, diese Aufgabe zu übernehmen.

Miriam, wenn Sie mit Dr. Bruns telefoniert haben, sollten Sie sich mit den Trauergästen von der Beisetzung des Friedrich Stegel befassen. Ihr wisst ja selbst, dass wir Informationen zu dem Zwillingsbruder benötigen. Jemand muss doch gewusst, gehört oder geahnt haben, dass es einen solchen gab.

Wir treffen uns um 15:00 Uhr wieder hier. Über erzielte Resultate sollten wir uns aber schon vorher gegenseitig informieren."

Damit war die Beratung beendet.

6.

Dienstag, 22. Juli; 10:30 Uhr

Hauptkommissar Lutz Waski hatte seinen Dienstwagen, einen Opel-Insignia, auf dem Besucherparkplatz der Firma *EMS* im Epperts-hausener Industriegebiet *Park 45* abgestellt.

Er ging zum Haupteingang und sagte der Dame am Empfang: „Ich bin Kommissar Waski und Herr Reiter erwartet mich."

Er wurde gebeten, einen Augenblick in einem der gegenüber dem Anmeldetresen stehenden Sessel Platz zu nehmen.

Es dauerte dann auch nicht lange und ein mit einem hellgrauen Anzug, weißen Oberhemd und passender Krawatte gut gekleideter Mann kam auf ihn zu. Er stellte sich als Helge Reiter vor und sagte, dass er Geschäftsführer der Firma *EMS* sei. Er bat seinen Gast, ihm zu folgen. Die beiden gingen in die 1. Etage und betraten ein Büro, in dem eine ältere, grauhaa-rige, mit einem beigen Kostüm gut gekleidete Dame vor einem Bildschirm saß. „Das ist un-sere langjährige Sekretärin, Frau Klara Heim-feld, die gute Seele vom Geschäft," wurde sie von Helge Reiter vorgestellt. Er bat den Kommissar, ihm in sein Büro zu folgen und ging zu der rechts vom Fenster gelegenen Tür.

Lutz Waski wandte sich aber noch zu der Sek-retärin und sagte: „Frau Heimfeld, mit Ihnen möchte ich mich nachher auch noch kurz un-terhalten. Außerdem möchte ich einen Blick in das Arbeitszimmer von Herren Stegel werfen. Ich nehme an, es befindet sich hinter der gepolsterten Tür hier links."

Frau Heimfeld nickte und die beiden Männer gingen in das Büro von Herrn Reiter.

Dies war ein typisches Chefzimmer mit einem großen Schreibtisch, einer kleinen Sesselgruppe um einen runden Tisch und einigen Regalen mit Fachbüchern und Akten.

Nachdem man Platz genommen hatte, lehnte Lutz Waski die angebotenen Getränke ab und kam gleich zur Sache:

„Herr Reiter, was können Sie mir über den Zwillingsbruder von Friedrich Stegel sagen?"

Helge Reiter zeigte sich erstaunt und antwortete: „Ich kenne keinen Zwillingsbruder und glaube auch nicht, dass ein solcher existiert.

Mit Friedrich hatte ich ein sehr gutes Verhältnis und wir haben auch oftmals über Privates gesprochen. Von einem Zwillingbruder war dabei nie die Rede."

Der Kommissar entgegnete: „Einen solchen muss es aber gegeben haben. Wir haben gestern in einer Biomülltone vor dem Haus hier einen menschlichen Kopf gefunden. Zunächst dachten wir, er gehörte zu Friedrich Stegel. Dann hat sich aber herausgestellt, dass sein Leichnam vollständig – also mit Kopf – im Sarg lag. Obwohl eine detaillierte DNA-Analyse noch aussteht, ist die Übereinstimmung beider Köpfe absolut gegeben. Wir müssen also davon ausgehen, dass ein Bruder von Friedrich Stegel – höchstwahrscheinlich ein Zwillingbruder – gelebt hat. Oder kennen Sie einen anderen Doppelgänger Ihres Chefs?"

Helge Reiter zeigte sich noch immer sehr verwundert und antwortete: „Ich kann mir auf das, was Sie mir da gerade gesagt haben, absolut keinen Reim machen. Ich werde Ihnen aber gern alles erzählen, was ich über Friedrich Stegel, seine Familie und die Firma weiß."

„Das ist gut," bedankte sich Lutz Waski.
„Lassen Sie sich Zeit. Ich möchte Ihre Aussagen gern aufzeichnen und hoffe, Sie sind einverstanden."

Helge Reiter nickte und begann seine Ausführungen: „Friedrich Stegel wäre im August dieses Jahres 75 Jahre alt geworden und hatte sich schon Gedanken gemacht, wie er diesen Tag begehen wollte.
Ich kenne ihn seit mehr als zwanzig Jahren. Nach meinem Studium, ich habe Abschlüsse in Elektrotechnik und BWL, begann ich im Elektrogeschäft der Familie Stegel. Mit Friedrich, der inzwischen hier das alleinige Sagen hatte, habe ich mich von Anfang an sehr gut verstanden. Da er sich langsam zur Ruhe setzten wollte, hat er mir das operative Geschäft übergeben. Die *Elektromotoren Stegel (EMS)* ist eine GmbH, alle Anteile sind in Familienbesitz. Ich bin nur angestellt, mit meiner Posi-

tion und auch dem Einkommen aber durchaus zufrieden.

Als ich Friedrich kennenlernte, war er noch mit Renate verheiratet. Die beiden wohnten in einem Haus in Groß-Umstadt, in dem die Eltern von Friedrich ein kleines Elektrogeschäft betrieben hatten. Dieser hat dann Elektrotechnik in Darmstadt studiert und danach das elterliche Geschäft zu der heutigen Firma entwickelt. Im Jahr 2007 wurde hier der *Park 45* seiner Bestimmung übergeben und *EMS* war eine der ersten Firmen, die sich hier angesiedelt haben.

Es wurde gebaut und Friedrich hat sich hier im Haus eine schöne Wohnung einrichten lassen, die er 2014 bezogen hat. Seine Frau Renate ist aber nicht mit hergezogen, sondern mit Wolf-Dieter, dem Sohn der beiden in Groß-Umstadt geblieben. Der Junge ist inzwischen 43, hat als Musiker aber kein Interesse an der Firma, sehr zum Leidwesen seines Vaters, der in ihm eigentlich seinen Nachfolger gesehen hatte.

2016 haben sich dann Renate und Friedrich scheiden lassen – ich weiß bis heute nicht, warum. Als ich ihn darauf angesprochen habe, hat er etwas vom zweiten Frühling gesagt, den er genießen wolle.

Vor sechs Jahren hat Friedrich wieder geheiratet. Seine Ilona ist wohl fast dreißig Jahre jünger als er und eine sehr attraktive und aufgeschlossene Frau, die wohl manchem Mann den Kopf verdrehen könnte.

In der gemeinsamen Wohnung hier lebt auch noch Simon Wolf, das ist der jüngere Bruder von Ilona. Einen engeren Kontakt zu beiden habe ich allerdings nicht."

Helge Reiter griff zu einem Glas und trank einen Schluck Wasser.

Kommissar Waski lehnte ein entsprechendes Angebot erneut ab, bat aber sein Gegenüber, doch noch etwas mehr von der Firma zu berichten.

Helge Reiter redete weiter: „Wie schon gesagt, hat Friedrich die Firma aus dem elterlichen Geschäft heraus entwickelt und auf den Bau von Elektromotoren ausgerichtet. Sie glauben gar nicht, wie groß die Vielfalt auf diesem Gebiet ist. Denken Sie einmal an Ihr Auto und überlegen, wo da überall Elektromotoren eingebaut sind. Da fallen Ihnen sicher die Scheibenwischer und Fensterheber ein. Je nach Ausstattung gibt es aber noch mehr, beispielsweise eine elektrische Sitzverstellung, die automatische Kofferraumöffnung usw. Die Autoindustrie gehört zu unseren besten Kunden, wenngleich der Umsatz in letzter Zeit rückläufig war.

Wir konnten aber durch eine Spezialisierung auf kleine Antriebe, wie sie beispielsweise in Haushaltsgeräten gebraucht werden, vieles ausgleichen. Dabei ist eine Entwicklung wichtig, die es ermöglicht, den klassischen Aufbau eines Elektromotors mit Schleifkohlen und Kollektor durch rotierende Magnetfelder zu ersetzen. Damit hat man einen nahezu verschleißfreien Antrieb. Dann gibt es auch die sogenannten Linearmotoren, bei denen sich nichts mehr dreht. Denken Sie an den Transrapid, der zwar in Deutschland leider nicht über das Versuchsstadium hinausgekommen ist, aber mit der Nutzung von Magnetfeldern Geschwindigkeiten von über 400 km/h erreicht.

Mit der Nutzung dieser Technik, natürlich in wesentlich geringeren Dimensionen, beschäftigt sich vor allem die Forschungsabteilung in unserem österreichischen Zweigwerk.

In diesem Zusammenhang gab es übrigens eine heftige Auseinandersetzung mit einer Konkurrenzfirma, dem *Elektromotorenwerk Erlangen (EMWE)*.

Friedrich hatte zwei junge Leute eingestellt, die vorher dort tätig waren. Diese hatten ein Patent für einen besonderen Antrieb extrem kleiner Motoren mitgebracht. Die Nutzung dieses Patentes, selbstverständlich mit entsprechenden Vergütungen, ist Teil des Arbeitsvertrages der beiden mit uns.

Nun hat der Geschäftsführer von *EMWE* behauptet, die jungen Leute hätten das Patent während ihrer dortigen Tätigkeit entwickelt und es würde seiner Firma zustehen.

In einem Rechtsstreit konnte der Anwalt unserer neuen Mitarbeiter aber nachweisen, dass die Grundlage des strittigen Patentes auf

Ergebnissen beruht, die seine Klienten während ihres Studiums gewonnen hatten.

Dennoch war der Chef von *EMWE* hier und es gab eine heftige Auseinandersetzung, bei der er Friedrich der Abwerbung und des unlauteren Wettbewerbs beschuldigte.

Er wurde sehr laut, beschimpfte Friedrich mit bösen Worten und äußerte auch, dass man ihn umbringen müsste. Ich war Zeuge dieses unschönen Gesprächs."

Nach einer kurzen Pause setzte Helge Reiter seine Ausführungen fort: „Ich sollte noch erwähnen, dass es auch Auseinandersetzungen auf einem anderen Gebiet gab. Dabei ging es um den Verkauf unserer Firma.

Ein chinesischer Konzern will *EMS* (sowohl den Betrieb hier als auch unser Zweigwerk in Bregenz) kaufen und hat dafür ein Angebot von 120 Millionen Euro unterbreiten lassen. Die Chinesen hatten eine Beraterfirma, die *Frankfurt-Bogdanow-Consulting (FBOC)* eingeschaltet und deren Geschäftsführer, ein Herr Bogdanow, war hier und hat Friedrich Stegel ziemlich bedrängt. Der hat aber jeden Verkauf und auch weitere Verhandlungen strikt abgelehnt. Daraufhin hatte er wohl einen heftigen Streit mit seiner Frau Ilona, die sehr für einen Verkauf war.

Mehr kann ich aber zu dieser Sache nicht sagen."

Kommissar Waski bedankte sich und sagte: „Diesen Herrn Bogdanow kennen wir. Er war Zeuge in einem anderen Fall[6] und zunächst nicht auffindbar. Nach einigen Wochen hat er sich allerdings gemeldet und seine Aussage gemacht. Eine Tatbeteiligung im damaligen Fall konnte ihm nicht nachgewiesen werden."

Nach diesen Bemerkungen verabschiedete sich Lutz Waski und meinte, dass man sich in den nächsten Tagen gewiss nochmals unterhalten müsse. Außerdem sei das Protokoll des eben geführten Gespräches zu unterschreiben. Er bat Helge Reiter, deshalb hier im Rhein-Main-Gebiet erreichbar zu bleiben.

---

[6] Siehe: Der Tote in Nachbars Garten. BoD 2024

7.

Dienstag, 22. Juli; 11:30 Uhr

Nachdem sich Hauptkommissar Lutz Waski
von Helge Reiter verabschiedete hatte, wandte
er sich Frau Heimfeld zu. „Bevor wir uns unterhalten", sagte er zu ihr „möchte ich mich
gern erst im Büro von Friedrich Stegel etwas
umsehen. Bitte begleiten Sie mich."
Die Sekretärin öffnete die schwere, gepolsterte
Tür und ließ den Kommissar vor ihr eintreten.
Dieser schaute sich um und staunte nicht
schlecht, befand er sich doch in einem gemüt-
lich eingerichteten Wohnzimmer. Eine anhei-
melnde Sitzgruppe, bestehend aus einer kleinen Couch und zwei Sesseln war um einen
kleinen runden Tisch gruppiert. Von der
Couch hatte man einen großen, an der Wand
montierten, Flachbildschirm im Blick. Über
der Couch war ein Ölgemälde zu sehen, das
eine Stadtansicht von Frankfurt zeigte. Im
Vordergrund war der Eiserne Steg zu sehen,
im Hintergrund der Turm des Domes. Ob es
sich bei dem Bild um ein Original oder nur um
eine gute Kopie handelte, war nicht zu erkennen. Natürlich gab es auch einen Schreibtisch.
Dieser war ein wuchtiges, antik anmutendes
Möbelstück. Auf ihm lag ein zugeklappter
Laptop. Ergänzt wurde das Mobiliar durch
einen zum Schreibtisch passenden massiven
Bücherschrank. Waski dachte: „Das Ganze
würde ich als klassisches Herrenzimmer des

vergangenen Jahrhunderts, aber nicht als Arbeitszimmer eines modernen Unternehmers ansehen."

Frau Heimfeld hatte die Verwunderung des Kommissars wohl bemerkt und sagte: „Lassen Sie sich nicht täuschen. Hier hat Herr Stegel oftmals lange Abende gearbeitet und an diesem Schreibtisch wurde manche schwerwiegende Entscheidung getroffen."

„Gibt es in diesem Zimmer auch einen Safe?" wollte Lutz Waski wissen.

„Natürlich" lautete die Antwort. „Er befindet sich hinter dem *Frankfurt-Gemälde.* Ich zeige Ihnen, wie man mit einem Knopfdruck im Rahmen das Bild zur Seite schwenken kann."

Frau Heimfeld ließ ihren Worten Taten folgen und nach wenigen Sekunden sah man eine etwa 50 cm x 40 cm große Stahltür.

„Zum Öffnen benötigt man einen Schlüssel und die richtige Zahlenkombination, ich verfüge über keines von beiden", erklärte die Sekretärin.

„Ich denke, unsere Spezialisten werden das schon schaffen," antwortete der Kommissar. „Wenn wir den Raum verlassen, werde ich ihn versiegeln. Jetzt sollten wir ihn aber noch für unser Gespräch nutzen. Bitte erzählen Sie mir doch einfach alles, was Sie über Friedrich Stegel, seine Familie und die Firma wissen."

Klara Heimfeld wirkte etwas unsicher und meinte: „Ich weiß gar nicht, wo ich beginnen soll, mir geht so vieles durch den Kopf."

„Fangen Sie am besten damit an, wie Sie Herrn Stegel kennengelernt haben und wie Ihr Werdegang hier im Betrieb war", ermunterte sie Lutz Waski.

„Also," kam die Frau ins Reden, „ich werde in diesem Jahr 63 und wollte eigentlich nach dem 75. Geburtstag vom Chef in den Ruhestand gehen. Dann bin ich 45 Jahre bei Stegels angestellt. Ich stamme aus Dieburg und habe nach meinem Realschulabschluss eine kaufmännische Lehre im Elektrogeschäft von Anton Stegel, das war der Vater von Friedrich, begonnen. Die positive Entwicklung des Unternehmens zu dem heutigen Elektromotorenwerk habe ich von Anfang an erlebt und tatkräftig mitgestaltet. Mit seinem Fachwissen und der Fähigkeit, Menschen zu führen, war Friedrich der richtige Mann an der richtigen Stelle. Inzwischen haben wir hier in Eppertshausen fast 400 Mitarbeiter und in unserem Bregenzer Zweigwerk noch einmal fast 100. Für Buchhaltung, Finanzberatung und den ganzen bürokratischen Kram haben wir einen Vertrag mit einer angesehenen Frankfurter Steuer- und Wirtschaftsberatungsfirma.
Insgesamt läuft unser Unternehmen recht gut und wir haben jedes Jahr mit einem ansehnlichen Gewinn abschließen können.

Zu Friedrich Stegel kann ich Folgendes sagen: Er wurde 1950 geboren und war das einzige Kind von Anton Stegel und seiner Frau Margarete. Diese stammt aus Österreich, ist heute fast 90 Jahre alt und lebt in einem Pflegeheim. Sie ist ziemlich dement. Friedrich hat sie oft besucht. Manchmal hat sie ihn erkannt, da kam er immer glücklich zurück.

1979 haben Friedrich und Renate Stegel geheiratet und nach meiner Kenntnis eine glückliche Ehe geführt. Sie haben einen Sohn, Wolf-Dieter, und Isabell, das einzige Enkelkind.

2016 haben sich Renate und Friedrich scheiden lassen, ich bin aus allen Wolken gefallen, als ich dies erfahren habe.

2019 hat Friedrich dann wieder geheiratet. Seine neue Frau Ilona ist rund 30 Jahre jünger als er. Ich will ja nichts Schlechtes über sie sagen, aber ich halte sie für eine ziemlich durchtriebene Person. Sie ist eine sehr attraktive Frau, kein bisschen eingebildet und zu allen freundlich. Auch kann ich mich über den Umgangston mit mir nicht beschweren. Ich habe aber das Gefühl, dass sie sich Friedrich geangelt hat und dabei sehr egoistische Motive verfolgt. Kann sein, ich bin voreingenommen, aber sie kann wohl jeden Mann um den Finger wickeln. Ich glaube, auch Helge Reiter fährt auf sie ab.

Zu Helge kann ich sagen, dass er sich als mein Vorgesetzter immer ganz korrekt verhalten hat. Er war stets freundlich zu mir und wir haben uns gut verstanden. An Friedrich reichte er nicht heran und ich glaube, so einen Chef findet man nur einmal auf der Welt.

So, nun habe ich aber genug geredet und vielleicht auch zu viel erzählt."

„Keineswegs," beruhigte sie Lutz Waski. „Was Sie mir erzählt haben, könnte wichtig sein für uns, manchmal sind es die Kleinigkeiten, die uns voranbringen.

Nun muss ich Sie aber doch nach dem Bruder von Friedrich Stegel fragen. Unsere bisherigen Ermittlungen besagen, dass er einen Zwillingsbruder hatte."

„Da sind Ihre Ermittlungen falsch," behauptete Frau Heimfeld. „Ich kenne – also kannte – Friedrich Stegel seit mehr als vierzig Jahren, da war von einem Bruder nie die Rede. Ich bin der festen Überzeugung, dass Friedrich als Einzelkind aufgewachsen ist."

„Lassen wir es dabei," beendete der Kommissar das Gespräch. „Ich danke Ihnen und denke, wir werden in den nächsten Tagen nochmals auf Sie zukommen. Das Zimmer hier werde ich abschließen, der Schlüssel steckt ja. Den werde ich mitnehmen und außerdem ein Polizeisiegel anbringen.

Anschließen will ich versuchen, mit Frau Stegel und ihrem Bruder zu sprechen. Hoffentlich treffe ich oben in der Wohnung jemand an."

8.

Dienstag, 22. Juli; 13:00 Uhr

Lutz Waski stieg die Treppe zum ersten Stock hoch und stand vor der Tür der Wohnung von Friedrich Stegel. Sein Name stand auf einem Messingschild unter der Klingel.

Der Kommissar klingelte, wartete, aber nichts rührte sich hinter der Tür. Er wollte schon gehen, unternahm aber noch einen Versuch. Nun näherten sich Schritte und ein junger Mann öffnete die Tür.

Waski wies sich aus und verlangte, Ilona Stegel zu sprechen.

„Meine Schwester ist nicht da," lautete die Antwort. „Sie ist nach dem ganzen Trubel um den Tod ihres Mannes und seiner Beisetzung am Sonnabend für vier Tage in ein Wellnesshotel gefahren. Heute Abend wird sie zurückkommen."

„Dann sind Sie Simon Wolf," stellte der Kommissar fest. „Ich möchte mich gern mit Ihnen unterhalten, darf ich hereinkommen?"

„Gerne," sagte Herr Wolf, trat zur Seite und machte eine einladende Handbewegung. „Allerdings habe ich nicht viel Zeit, weil ich um 14:00 Uhr in Dieburg sein muss. Ich bin stellvertretender Marktleiter eines Supermarktes und habe einen Gesprächstermin mit einem Lieferanten."

„Gut, machen wir es kurz," beschied Lutz Waski.

Simon Wolf führte seinen Gast durch einen geräumigen Flur, Lutz Waski hatte nicht die Zeit, die dort angebrachten Bilder – sie erschienen ihm wertvoll – genauer zu betrachten, zu zwei ganz hinten befindlichen Türen. „Hier sind die beiden Gästezimmer," sagte Simon. „Im rechten wohne ich derzeit."

Er öffnete die Tür und die beiden betraten einen etwa zwanzig Quadratmeter großen Raum, der durch eine große Fensterfront, bunt gemusterte Gardinen und ein großes, farbenfrohes expressionistisches Bild einen freundlichen Eindruck vermittelte. Dieser wurde durch das vorhandene Mobiliar noch verstärkt.

Gegenüber einer kleinen Sitzgruppe, bestehend aus drei zierlichen Sesseln, die um einen runden Tisch gruppiert waren, befand sich über einem relativ langen Sideboard ein großer Fernseher direkt an der Wand.

Das Ganze wurde ergänzt durch einen Holztisch mit zwei passenden Stühlen und einem hohen Schrank rechts neben der Tür,

„Hier lässt es sich gut leben," sagte Simon Wolf. Nebenan befindet sich noch ein kleiner Schlafraum und ein Bad. Ich bin froh, dass meine Schwester mich aufgenommen hat."

Lutz Waski nickte und forderte dann: „Bitte erzählen Sie mir doch etwas von sich und von Ihrer Schwester. Wieso wohnen Sie bei ihr? Wie war Ihr Verhältnis zu Ihrem Schwager?"

Simon Wolf antwortete freimütig und so erfuhr der Kommissar Folgendes:

Die Geschwister Wolf sind in Offenbach aufgewachsen und dort auch zur Schule gegangen. Ilona ist jetzt 45 Jahre alt, ihr Bruder vier Jahre jünger. Er hat die Realschule besucht und nach dem erfolgreichen Abschluss eine Lehre als Einzelhandelskaufmann begonnen. Noch während des ersten Lehrjahres sind beide Eltern durch einen Autounfall umgekommen. Seine große Schwester hat sich sehr um ihn gekümmert und bemuttert ihn auch heute noch.

Simon hat eine gute Karriere in einer Lebensmittelhandelskette gemacht, ist verheiratet und hat eine siebenjährige Tochter. Seine Ehe liegt allerdings in Trümmern und das Scheidungsverfahren läuft. Deshalb ist er vor fünf Wochen zuhause ausgezogen und hat vorübergehend Asyl bei Schwester und Schwager gefunden.

Seine Schwester Ilona hat nach dem Abitur ein freiwilliges soziales Jahr absolviert und als Entwicklungshelferin in Kolumbien gearbeitet. Deshalb spricht sie perfekt Spanisch.

Nach diesem Jahr hat sie ein Germanistikstudium begonnen, aber nach sechs Semestern abgebrochen. Ihre Sprachkenntnisse hat sie gezielt erweitert. In Englisch war sie schon in der Schule sehr gut, dann hat sie noch Französisch und Italienisch gelernt, was ihr bei der Arbeitsplatzsuche natürlich sehr zugute kam.

Sie hatte mehrere attraktive Angebote und schließlich eine Anstellung bei einer bekannten Frankfurter Werbeagentur gefunden. Dort war sie hauptsächlich mit dem Akquirieren von Neukunden befasst. Auf diesem Gebiet war sie sehr erfolgreich und in der Firma allseits beliebt.

Dann begann sie aber eine Affäre mit einem der Chefs. Dessen Ehefrau kam dahinter und das Ende vom Lied: Ilona musste gehen, aber nicht ohne eine fette Abfindung einzustreichen.

„Das Ganze war vor etwa zehn Jahren," redete Simon weiter, „Ilona hatte im Rahmen ihrer beruflichen Tätigkeit Friedrich Stegel kennengelernt. Nachdem sie arbeitslos wurde, hat sie ihm angeboten, die Marketing-Abteilung von *EMS* auf Vordermann zu bringen. Friedrich hat das Angebot angenommen und 2019 haben die beiden geheiratet. Friedrich war schon 2016 geschieden worden.

Eine Sache sollte ich vielleicht noch erwähnen: Vor etwa vier Wochen ist plötzlich Gisbert Habermann hier aufgetaucht. Gisbert (wir nannten ihn nur Gisi) ist ein Klassenkamerad von Ilona und ihr erster Freund. Die beiden gingen miteinander, wie man damals so sagte. Ilona war jedenfalls mächtig verliebt und maßlos enttäuscht, dass Gisi sie drei Wochen vor der letzten Abiprüfung sitzen ließ.

Ich habe den Knaben ja nie leiden können, vielleicht war es reine Eifersucht, aber nach dem, was ich später so gehört habe, war meine Abneigung durchaus berechtigt. Gisbert Habermann soll auf die schiefe Bahn gekommen und dabei ziemlich weit abgerutscht sein. Genaueres weiß ich allerdings nicht."

Ilona und Gisi haben sich aber in letzter Zeit oft getroffen, doch Friedrich sollte davon um keinen Preis der Welt etwas erfahren. Jetzt ist Gisi wohl mitgefahren in das Wellnesshotel."

Simon wollte sich erheben, aber der Kommissar kam ihm mit einer Frage zuvor:
„Herr Wolf, was können Sie mir über Ihr Verhältnis zu ihrem Schwager und seinem Zwillingsbruder sagen?" schoss Waski in Blaue.

Der so Angesprochene stutzte, zögerte kurz und antwortete: „Von einem Zwillingsbruder weiß ich nichts. Meines Wissens war Friedrich ein Einzelkind. Ilona hat nie etwas Gegenteiliges gesagt.

Mit Friedrich habe ich mich sehr gut verstanden, ich habe ihn mehr als Onkel angesehen. Wir haben zusammen Schach gespielt, da war er recht gut, und viel diskutiert. Seine politischen Ansichten waren mehr schwarz (wenn Sie verstehen, was ich meine). Ich tendiere mehr zu den Positionen der Grünen. Gestritten haben wir deshalb aber nie und ich war ihm sehr dankbar, dass ich hier Asyl gefunden habe."

Lutz Waski schaute auf seine Armbanduhr und sagte: „Herr Wolf, ich sehe unser Gespräch hat dreißig Minuten gedauert. Sie schaffen also Ihren Termin. Ich bedanke mich und kündige schon einmal an, dass wir uns in den nächsten Tagen noch ausführlicher unterhalten müssen. Ich bitte Sie, das Rhein-Main-Gebiet nicht zu verlassen, ohne mit uns gesprochen zu haben."

Damit erhoben sich die beiden Männer, schüttelten sich die Hände und gingen zu ihren Autos.

9.

Dienstag, 22. Juli; 15:00 Uhr.

Wie geplant, hatten sich die Mitarbeiter der Abteilung *Gewaltverbrechen* im Beratungsraum des Kommissariats K10 versammelt.

Der Leiter, Kriminalhauptkommissar Lutz Waski eröffnete die Beratung:

„Liebe Kollegen, die Zeit für Ermittlungen war ja sehr kurz. Dennoch wollen wir einmal zusammenfassen, was wir bisher wissen.

Ich werde gleich über meine Gespräche mit Helge Reiter, dem Geschäftsführer der *EMS*, und der Chefsekretärin, Frau Klara Heimfeld, berichten. Außerdem habe ich mich kurz mit Simon Wolf, das ist der Bruder der zweiten Frau von Friedrich Stegel unterhalten. Seine Schwester kommt erst heute zurück und muss dann umgehend befragt werden.

Die Gespräche sind aufgezeichnet. Wenn ich zum Inhalt einen knappen Überblick gegeben habe, legen wir eine Pause ein, damit alle das Gesprochene abhören können. Frau Schreiber[7] hat übrigens neuerdings ein Programm, mit dem akustische Informationen automatisch in geschriebenen Text umgewandelt werden können. Wenn das funktioniert, können wir dann alles auf unseren Laptops lesen.

Bevor ich mit dem angekündigten Überblick beginne, sollten wir uns noch anhören, was die

---

Die Sekretärin des K10 [7]

Suche nach dem Rumpf des Zwillingsbruders ergeben hat und was die gerichtsmedizinischen Untersuchungen gebracht haben,

Gisela," wandte er sich an Kommissarin Bernd, „Sie hatten den Auftrag, den Leuten von der *Spusi* auf die Nerven zu gehen. Was haben denn Daniel[8] und seine Leute bisher finden können?"

Die so Angesprochene antwortete: „Ich kann es kurz machen: Vom Zwillingsbruder war keine Spur zu finden.

Der Biomüll aus dem *Park 45* und den angrenzenden Gewerbe- und Wohngebieten wird in vierzehntägigen Intervallen abgeholt, im Regelfall montags.

Alles, was gestern eingesammelt wurde, haben die Leute der *Spusi* mit aller Gründlichkeit durchwühlt, wobei nicht nur nach dem Rumpf, sondern auch nach einzelnen Körperteilen des Bruders von Friedrich Stegel gesucht wurde.

Mit sehr hoher Wahrscheinlichkeit kann angenommen werden, dass die von uns gesuchten sterblichen Überreste nicht in einer Biotonne gelandet sind – im Gegensatz zum Kopf.

Die Suche hat sich zwar auf den Bereich der Entsorgung biologischer Abfälle konzentriert, aber keineswegs darauf beschränkt.

Es wurden der gesamte *Park 45*, die angrenzenden Industrie- und Wohnanlagen sowie die

---

[8] Gemeint ist Hauptkommissar Daniel Goebel, der Leiter der KTU

umliegenden Waldgebiete einbezogen. Zwei Hundestaffeln und eine niedrig fliegende Drohne führten auch nicht zum Erfolg.

Fazit: Wir haben es also noch immer mit **einem** Toten und **zwei** Köpfen zu tun."

Lutz Waski bedankte sich und meinte, dass man die Suche unbedingt auch auf die Wohnung von Friedrich Stegel sowie auf die Räumlichkeiten der Firma *ÉMS* ausdehnen müsse. „Für entsprechende Durchsuchungsbeschlüsse fehlt uns aber die Handhabe," setzte er fort, „Ich hoffe, Dr. Bruns kann uns da etwas liefern, Miriam, was hat denn Ihre Unterhaltung mit ihm ergeben?"

Miriam Fendt ergriff das Wort „Ich habe heute gleich nach dem Ende unserer Beratung mit dem Institut für Rechtsmedizin in Frankfurt telefoniert. Dr. Bruns war zunächst nicht zu erreichen, hat dann aber nach etwa einer halben Stunde zurückgerufen. Er war mit der Untersuchung des Leichnams von Friedrich Stegel noch nicht fertig, diese würde sich etwas schwieriger gestalten. Zwei Dinge konnte er aber mit Gewissheit sagen:
Erstens: Friedrich Stegel und die Person, von der nur der Kopf vorhanden ist, waren eineiige Zwillinge. Eine DNA-Analyse hat das mit einer Wahrscheinlichkeit von neunundneunzig Prozent ergeben.

Zweitens: Der Kopf wurde erst eine geraume Zeit nach dem Tod, Dr. Bruns schätzt zwei bis drei Tage, vom Rumpf getrennt, und zwar äußerst fachmännisch.

Wenn er die Untersuchungen abgeschlossen hat, will sich Heiko umgehend melden."

Kommissar Waski hatte innerlich schmunzelnd zur Kenntnis genommen, dass seine Mitarbeiterin den Gerichtmediziner duzte, und bedankte sich. Danach meinte er, dass man eine halbe Stunde Pause einlegt. Er wolle in dieser Zeit den Chef, Kriminalrat Torsten Haase, informieren.

10.

Die Pause war zu Ende und die Mitarbeiter der Abteilung *Gewaltverbrechen* saßen wieder auf ihren Plätzen.

Sie hatten die Zeit genutzt und sich die Aufzeichnungen der Gespräche angehört, die ihr Chef mit Helge Reiter, Klara Heimfeld und Simon Wolf geführt hatte.

Hauptkommissar Waski betrat den Raum, zusammen mit Kriminalrat Haase.

Dieser begrüßte die Kollegen und erklärte, an der weiteren Beratung teilnehmen zu wollen, die aber nach wie vor von Lutz Waski geleitet würde.

Dieser wollte soeben das Wort ergreifen, als sich sein Smartphone meldete.

Lutz schaute auf´s Display und sagte: „Das ist Dr. Bruns, ich werde das Gespräch annehmen."

„Hallo, Herr Doktor. Schön, dass Sie sich melden. Wir sind gerade in einer Beratung und alle schon sehr gespannt auf Ihre Informationen. Ich werde, falls Sie einverstanden sind, unser Gespräch auf laut stellen."

„Ist okay," kam die Antwort „und ich glaube, dass ich mich kurzfassen kann. Wie ich Miriam schon mitgeteilt hatte, ist es sicher, dass Friedrich Stegel und der Mann, dessen

Kopf in der Biotonne gefunden wurde, eineiige Zwillinge gewesen sind.

Der Mann, dessen Körper uns noch fehlt, ist einem gewaltsamen Tod gestorben. Ich habe Spuren eines starken Barbiturates gefunden und nehme an, dass man dies ihm gespritzt hat. Ohne den ganzen Leichnam untersuchen zu können, sind genauere Aussagen leider nicht möglich. Der Tod dürfte eine Woche vor dem Auffinden des Kopfes, also am 14. Juli eingetreten sein. Dieser wurde aber erst nach dem 16. Juli abgetrennt.

Nun zum Tod von Friedrich Stegel. Dieser hat am 14. Juli einen schweren Schlaganfall erlitten, der unzweifelhaft zum Exitus geführt hätte. Dies steht wohl auch auf den Totenschein, womit eine natürliche Todesursache bescheinigt wurde. Ich kann den Kollegen keinen Vorwurf machen, aber wir haben festgestellt, dass Friedrich Stegel erstickt wurde. In seinen Atemwegen befanden sich Faserreste, wahrscheinlich von einem Kissen. Er hat also noch gelebt, als man ihm dieses auf Mund und Nase gedrückt hat. Die üblichen Symptome, die bei einer solchen Prozedur auftreten, sind überlagert durch die körperlichen Veränderungen, die der Schlaganfall hervorgerufen hat.
Die Faserreste haben wir selbstverständlich sichergestellt. Mehr kann ich im Moment nicht sagen. Bringen Sie mir den Körper des Zwil-

lingsbruders, dann könnte es neue Ergebnisse geben."

Lutz Waski bedankte sich und beendete das Gespräch.

Kriminalrat Torsten Haase ergriff das Wort: „Jetzt gibt es Sicherheit, dass wir es mit zwei Tötungsdelikten zu tun haben. Wir werden eine Sonderkommision bilden. Die Zusammensetzung klären wir am Ende unserer Beratung. Jetzt sollten wir aber erst einmal wie geplant fortfahren.

Lutz, übernehmen Sie."

„Ich denke," begann dieser, „dass eine vordringliche Aufgabe darin besteht, Licht in das Dunkel der Existenz des Zwillingsbruders von Friedrich Stegel zu bringen, den keiner der bisher Befragten gekannt haben will.

„Melanie," wandte er sich an seine Stellvertreterin, Hauptkommissarin Forstmann, „Du hattest die Aufgabe übernommen, Renate Stegel, die erste Ehefrau von Friedrich, zu befragen. Was ist dabei herausgekommen?"

Die Kommissarin antwortete: „Mit Frau Stegel habe ich leider nur telefonisch sprechen können. Sie ist heute in Wiesbaden. Ihr Sohn Wolf-Dieter ist Musiker, 1. Oboist bei den Darmstädter Philharmonikern. Seine Frau spielt dort Cello. Heute gibt das Orchester ein Konzert im Kurhaus Wiesbaden. Renate und ihre Enkeltochter, die achtzehnjährige Isabell, wollen natürlich dabei sein. Da Ferien sind, konnten die beiden schon heute früh losfahren. Sie wollen sich in Wiesbaden umschauen, auf den Neroberg gehen und ein bisschen shoppen. Ich habe mich für morgen früh mit Renate Stegel verabredet.

Inzwischen habe ich mich hinsichtlich der Frau Stegel, geb. Schütz auch etwas schlau gemacht. Folgendes konnte ich in Erfahrung bringen:

Renate Schütz kam im Juni 1955 zur Welt. Aufgewachsen ist sie in Dieburg und hat dort auch die Schule besucht. Nach einem sehr guten Realschulabschluss hat sie eine Banklehre absolviert und bis zu ihrer Heirat mit Friedrich Stegel in ihrem Ausbildungsbetrieb gearbeitet.

Die Heirat war 1979, die beiden zogen nach Groß-Umstadt, wo Friedrichs Eltern ein ansehnliches Haus hatten.

Zwei Jahre später wurde der Sohn der beiden geboren.

Ihr Mann hatte kurz vorher das elterliche Elektrofachgeschäft übernommen. Seine Frau arbeitete mit und hatte die gesamte Büroarbeit erledigt.

Nach allem, was ich erfahren habe, war die Ehe von Renate und Friedrich Stegel glücklich.

Umso erstaunlicher die Tatsache, dass sich die beiden nach siebenunddreißig Ehejahren 2014 getrennt haben und 2016 scheiden ließen.

Seitdem lebt Renate allein, aber Sohn, Schwiegertochter und Enkelin wohnen im gleichen Haus.

Hinsichtlich eines Zwillingsbruders von Friedrich Stegel habe ich keine Erkenntnisse gewinnen können. Ich bin sehr gespannt auf das morgige Gespräch mit Renate Stegel."

Damit beendete Melanie Forstmann ihre Ausführungen.

Lutz Waski bedankte sich und meinte, dass auch er große Hoffnungen auf dieses Gespräch setze.

Dann wandte er sich an seinen Mitarbeiter, Kriminalkommissar Kleinert: „Ralf, Sie hatten es übernommen, nach Urkunden von Friedrich Stegel und seinem Bruder zu suchen. Was haben Sie herausgefunden?"

Die Antwort lautete: „Die Recherche war nicht ganz einfach. Friedrich Stegel wurde 1950 geboren und nicht alle Daten von seinem Lebensweg sind digitalisiert. Zum Glück gibt es aber Telefon und Internet.

Das Wichtigste zuerst:

Das Standesamt in Lindau am Bodensee hat am 4. August 1950 eine Urkunde ausgestellt, mit der bescheinigt wird, dass Friedrich Stegel als Sohn von Anton Stegel und seiner Ehefrau Margarete Stegel, geb. Schütz am Donnerstag, dem 3. August 1950, um 7:30 Uhr geboren wurde.

Als Adresse wurde die Blumenstraße 3 in Lindau genannt.

Meine Nachfrage beim Standesamt, ob wirklich nur ein Kind angemeldet wurde, hat zunächst Verwunderung ausgelöst. Als ich aber erklärt habe, dass wir einen Zwillingsbruder gefunden hätten, erklärte sich die dortige, freundliche Mitarbeiterin sofort bereit, im Archiv nachzusehen und zurückzurufen.

Der Rückruf erfolgte nach etwa 45 Minuten. Ich erfuhr, dass nur ein Kind angemeldet worden war. Es handelte sich um eine Hausgeburt. Die Hebamme, die die Geburt bescheinigt hatte, hieß Erna Steiner und war de Facto Leiterin einer Privatpraxis in Lindau. Diese Praxis existiert schon lange nicht mehr und Frau Steiner ist 1982 verstorben.

Das Ganze erscheint mir ziemlich mysteriös. Offensichtlich wurden zwei Kinder geboren und nur eines ordentlich angemeldet.

Noch kurz zu den anderen Papieren:

Friedrich Stegel hat mit sechzehn Jahren einen Personalausweis beantragt und erhalten und mit achtzehn den Führerschein für Motorräder und PKW erworben. Ab 1998 besaß er einen Reisepass, in dem Auslandsreisen in die USA und Kanada sowie nach Ägypten, Tunesien und Thailand vermerkt sind."

Mit den Worten: „Hinweise auf die Existenz des Zwillingbruders habe ich nicht finden können," beendete Kommissar Kleiner seine Ausführungen.

Kommissar Waski nahm diese dankend zur Kenntnis und sagte dann: „Es steht noch der Bericht von Frau Fendt aus, die sich bei den Trauergästen vom vergangenen Freitag umgehört hat. Miriam, was ist dabei herausgekommen?"

„Nicht viel," lautete die Antwort. „Keine von den Personen, mit denen ich mich unterhalten habe, konnte etwas zu einem Zwillingsbruder des Verstorbenen sagen. Dieser wurde einhellig als seriös, zurückhaltend, aber stets freundlich und recht sympathisch beurteilt. Manchen schien es nicht zu gefallen, dass er sich nach langjähriger Ehe hat scheiden lassen, um eine dreißig Jahre jüngere Frau zu heiraten. *Sie wird ihn wohl zu Tode geliebt haben,* wurde mir mehrmals gesagt bzw. angedeutet.

Dann wurde ich nach der gestrigen Exhumierung gefragt, diese hatte sich doch schnell im Ort herumgesprochen.

Meine Antwort war, dass ich wegen der laufenden Ermittlungen leider nichts dazu sagen könne. Den Fund des Kopfes habe ich selbstverständlich nicht erwähnt."

„Das haben Sie absolut richtig gemacht," lobte sie Lutz Waski und sah dann fragend zu seinem Chef.

Dieser, Kriminalrat Torsten Haase, erhob seine Stimme: „Wir haben es mit einem Fall zu tun, der mir reichlich verzwickt zu sein scheint.

Wir werden deshalb – wie schon gesagt – eine Sonderkommission bilden und diese *Soko Kopf* nennen. Deren Leitung übernimmt in bewährter Weise Hauptkommissar Waski.

Lutz legen Sie doch bitte dar, wie die weiteren Schritte aussehen sollen und welche personelle Verstärkung nach Ihrer Meinung nötig ist.

Vorher legen wir aber eine fünfzehnminütige Pause ein."

11.

Dienstag, 22. Juli; 17:30 Uhr

Nach dem Ende der Pause waren alle Mitarbeiter gespannt, wie Kommissar Waski die nächsten Aufgaben definieren und verteilen wollte.

Lutz begann und legte folgende Punkte dar:

1. „Die Suche nach den sterblichen Überresten des Zwillingsbruders von Friedrich Stegel muss fortgesetzt und nach Möglichkeit intensiviert werden. Auf Grund der Ergebnisse, die die Gerichtsmedizin geliefert hat, sollte es kein Problem sein, Durchsuchungsbeschlüsse für die Wohnung von Friedrich Stegel und für die Räume der *EMS* zu erhalten. Ich halte es für notwendig, dass ein Mitarbeiter unserer Kriminaltechnik der *Soko* angehört.

2. Bezüglich des Motives für den Mord an Friedrich Stegel – ich halte es für gegeben, dass ein solcher auch ohne den Schlaganfall geplant war – tappen wir noch im Dunkeln.

   Es muss geklärt werden, was das Ganze mit dem Übernahmeangebot für die *Elektromotoren Stegel GmbH* zu tun hat und welche Rolle dieser Bogdanow dabei spielt. Friedrich Stegel wollte um keinen Preis verkaufen und nun ist er tot. Ich halte Bogdanow für einen schrägen Vogel. Wir haben ihn zwar vor einem Jahr keine direkte Beteiligung an der Ermordung von Carmen Seifert nachweisen können[9], ich habe aber dennoch ein komisches Gefühl, was seine Person betrifft.

Hier sollte die Soko durch einen Kollegen (natürlich kann es auch eine Kollegin sein, aber ich halte die ganze *Genderei* sowieso für Schwachsinn) vom K23, in dessen Bereich auch die Wirtschaftskriminalität fällt, verstärkt werden. In diesem Zusammenhang muss auch die Firma *EMS* unter die Lupe genommen werden.

3. Das morgige Gespräch mit der 1. Frau von Friedrich Stegel halte ich für sehr wichtig. Melanie hat bereits den Kontakt zu Renate Stegel hergestellt und wird mit ihr reden.
    Es könnte auch nützlich sein, sich mit ihrem Sohn, seiner Frau und Tochter zu unterhalten. Diese Aufgabe übertrage ich Kollegin Fendt und es wäre gut, wenn ihr jemand von unserem Kommissariat zur Seite gestellt werden könnte.

4. Mir ist nicht klar, wie das mit der Geburtsurkunde 1950 in Lindau gelaufen ist. Ich halte es für nötig, dort vor Ort zu recherchieren. Damit beauftrage ich Kommissar Kleinert, der ja bereits telefonisch Kontakte geknüpft hat.

---

[9] Siehe: Der Tote in Nachbars Garten,S.35 ff; BoD 2024

5. Mit Ilona Stegel, der zweiten Frau von Friedrich Stegel, muss ausführlich gesprochen werde, wobei das Sterben ihres Mannes im Mittelpunkt stehen sollte. Aber auch ihr Verhältnis zu dem ehemaligen (Schul)Freund Gisbert Habermann muss geklärt werden, genauso wie ihre Rolle beim Verkaufsangebot für *EMS*.
Diese Aufgabe wird Kommissarin Bernd übernehmen.

6. Gisbert Habermann muss eingehend befragt werden. Wir müssen erfahren, wie seine Beziehung zu Ilona Stegel ist und was er von den Vorgängen im Haus Stegel, vor allem von denen am Todestag von Friedrich Stegel weiß. Er soll in den Tagen davor dort häufig anwesend gewesen sein. Da Simon Wolf angedeutet hat, dass Habermann eine kriminelle Vergangenheit haben könnte, möchte ich, dass ein Mitarbeiter unserer Abteilung *Raubstraftaten* diese Aufgabe übernimmt.
Ilona Stegel und Gisbert Habermann sollen heute Abend zurückkommen.
Ich halte es für nötig, die beiden unmittelbar nach ihrer Rückkehr zu befragen – selbstverständlich getrennt.

7. Mit dem Geschäftsführer der *EMS*, Helge Reiter, muss auch nochmals ausführlich gesprochen werden. Ich denke, es wäre gut, wenn dabei ein neues Gesicht auf-

taucht, weil das die Gelegenheit gibt, alles nochmals von vorn aufzurollen. Vielleicht kann jemand von unserem K10 diese Aufgabe übernehmen.

8. Auch mit der Mutter von Friedrich Stegel sollte gesprochen werden. Zwar ist Margarete Stegel fast 95, lebt in einem Heim und soll dement sein. Dennoch muss jemand nach Höchst fahren und versuchen, von der alten Dame etwas zu erfahren schließlich hat sie die Kinder geboren und kann sich daran erinnern.

9. Als letztes sehe ich die Notwendigkeit, ausführlicher als ich es bisher konnte, mit Simon Wolf, dem Bruder von Ilona Stegel zu sprechen. Er wohnt bei seinem Schwager und dürfte einiges vom Sterben des Friedrich Stegel und von den Geschehen in den folgenden Tagen mitbekommen haben. Da Herr Wolf heute bis 22:00 Uhr arbeitet, will ich morgen früh mit ihm sprechen."

Damit beendete Kommissar Waski seine Ausführungen und fragte den Kriminalrat, ob er einverstanden sei.

Torsten Haase billigte das Vorgehen und hatte nur zum letzten Punkt einen Einwand.

„Lutz", wandte er sich an diesen, „ich denke, Sie sollten die erneute Befragung von Simon Wolf morgen früh einem Kollegen überlassen und sich stattdessen an den Durchsuchungen von Wohnung und Firma der Stegels beteiligen. Anschließend sollten Sie hier im *Hauptquartier* der *Soko* sein, weil Sie von da leichter die Fäden in der Hand behalten können."

Kommissar Waski akzeptierte diesen Einwand und war gespannt, wie Kriminalrat Haase die *Soko Kopf* zusammensetzen würde.

Dieser erbat sich einige Minuten Zeit, um ein paar Telefongespräch zu führen und verkündete dann die Entscheidung:

Der Sonderkommission (*Soko Kopf*) gehören folgende Personen an:

- Hauptkommissar (HK) Lutz Waski.
  Als Leiter; unserer Abteilung *Gewaltverbrechen* (AGV) wird er die *Soko* führen;
- HK Heinz Wohlfeld von der KTU;
- HK Kerstin Dehmel (Abt. Raub);
- HK Uli Schneider vom K23;
- HK Melanie Forstmann ();
- KK) Ralf Kleinert (AGV);
- KK Gisela Bernd (AGV);
- HK Kurt Kunze (Abt. Raub);
- OK Ali Durmaz (Vermisstenstelle);
- KK Evi Hauser (Abt. Sexualdelikte);
- (KA) Miriam Fendt (AGV);
- KK Tina Fritz (Abt. Brandursachen).

Kriminalrat Haase erklärte, dass die hier genannte Reihenfolge im Wesentlichen den neun von HK Waski genannten Punkten entspreche, wobei die Kommissare Dehmel und

Wohlfeld sowie die Kolleginnen Fritz und Fendt gemeinsam tätig werden sollen.

HK Lutz Waski ergriff das Wort: „Liebe Mitstreiter, wir haben also mal wieder eine *Soko* gegründet. Ich wünsche und hoffe, dass wir genauso erfolgreich sein werden, wie unsere *Soko Garten* vor einem Jahr.

Jeder weiß, was er zu tun hat. HK Bernd und HK Kunze werden noch heute mit Frau Ilona Stegel bzw. Herrn Gisbert Habermann sprechen, die anderen Aktivitäten haben bis morgen Zeit.

Wir treffen uns morgen hier wieder um 15:00 Uhr zu einer Beratung. Über erzielte Ergebnisse möchte ich aber immer zeitnah per Handy informiert werden.

Gibt es noch Fragen?"

Dies war nicht der Fall und so wurde die Beratung beendet.

12.

Lutz Waski hatte sich von den Kollegen verabschiedet und war zügig nach Hause, in die Eppertshausener Straße *Am Kreuzfeld* gefahren. Er stellte seinen Opel-Insignia auf der Garageneinfahrt ab und ging zur Haustür.
Hier wurde er schon von seiner Frau Steffi erwartet, die das Auto kommen gehört hatte.
Die beiden begrüßten sich mit einem zärtlichen Kuss und gingen ins Wohnzimmer von Steffis Eltern, wo diese einträchtig vorm Fernseher saßen. Sie schalteten die Schlagersendung ab und sahen ihren Schwiegersohn erwartungsvoll an. Der sagte aber: „Bevor ich berichte, möchte ich eine Kleinigkeit essen, ein Bier trinken und vor allem nach den Kindern schauen. Steffi eilte in die Küche und Lutz ging nach oben. Der siebenjährige Tobias schlief friedlich in seinem Bett und in ihrem Zimmer schlummerte die vierjährige Cosima mit ihrer Lieblingspuppe im Arm.
Zufrieden gesellte sich Lutz wieder zu den anderen. Steffi hatte inzwischen einen kleinen Imbiss gebracht. Nachdem er in ein Wurstbrot gebissen und einen Schluck Bier getrunken hatte, wollte er als erstes wissen, wie die Untersuchungsergebnisse von Werner sind.
„Erfreulicherweise sehr gut," sagte dieser. „Die Herzkatheteruntersuchung verlief problemlos und hat keinerlei Anzeichen für einen

drohenden Infarkt ergeben. Gegen das Vorhof-
flimmern, das viele Menschen haben, hat mir
Dieter, also Dr. Dreikorn, neue Medikamente
verordnet. Er meinte, die nächsten zwanzig
Jahre würde die Pumpe locker durchhalten."

„Na, das sind ja gute Nachrichten und wie war
euer Ausflug in den Odenwald," wandte Lutz
sich an die Frauen.
Diese berichteten abwechselnd, dass sie
zunächst zum Felsenmeer bei Lautertal gefahren sind. Die Kinder hatten über die Ansamm-
lung der riesigen Steinbrocken gestaunt und
Tobias wollte wissen, wer das alles gemacht
habe.
Oma Lilo hatte die Sage von den zwei Riesen,
die früher in der Gegend gehaust hätten erzählt. Der eine auf dem Felsberg, er hieß
Felshocker, den anderen vom Nachbarberg
nannte man Steinbeißer. Ihre Riesenreiche"
wurden durch das Lautertal getrennt.
Als sie in Streit gerieten, bewarfen sie sich mit
Felsbrocken. Der „Steinbeißer" war im Vor-
teil, er hatte mehr Wurfmaterial. So kam es,
dass „Felshocker" bald unter den Blöcken
begraben wurde; angeblich hört man ihn noch
gelegentlich darunter brüllen.[10]

„Was ist eine Sage," fragte dann Tobias. „Ist
das ein Märchen?"
Steffi berichtete: „Ich habe geantwortet, dass
der Unterschied gar nicht so einfach zu erklä-

---

[10] Siehe WIKIPEDIA; Felsenmeer

ren ist. aber dass in Sagen Orte vorkommen, die es tatsächlich gibt und oft auch Personen, die gelebt haben könnten. Märchen sind erfunden und werden weitererzählt. Sagen sind oft kürzer als Märchen.

Damit hat sich Tobias zufriedengegeben und ist mit seiner Schwester zu einem nahegelegenen Spielplatz gezogen."

„Anschließend haben wir unsere Picknicksachen ausgepackt und sind dann nach Worms gefahren," setzte „Lilo den Bericht fort. „Vom Rhein und den vielen Schiffen waren unsere beiden begeistert. Nur, dass Hagen das schöne Gold in den Fluss geworfen haben soll, fand Tobias blöd. Für Sagen, insbesondere das Nibelungenlied ist er doch noch zu klein.

Nun wollen wir aber etwas von unserem Kriminalkommissar hören," sagte Lilo zum Schluss.

„Na, wenn schon Titel, dann bitte *Kriminalhauptkommissar,* so viel Zeit muss sein," lachte Lutz. „Aber Spaß beiseite, wir haben es mit einer verworrenen Geschichte zu tun. Ich kann und darf euch aber nicht viel davon erzählen. Nur so viel: Gestern vor einer Woche ist der Chef der Firma *Elektromotoren-Stegel - GmbH –* ihr habt die großen Buchstaben *EMS* sicher alle schon auf dem Dach des Gebäudes im *Park 45* gesehen – plötzlich verstorben. Der Notarzt diagnostizierte: SCHLAGANFALL. Friedrich Stegel wurde am vergangenen Freitag beerdigt.

Was ich nun sage, ist noch top sekret.

Gestern wurde ein menschlicher Kopf gefunden, der identisch zu sein scheint mit dem von Friedrich Stegel. Eine DNA-Analyse ergab, dass er von einem Zwillingsbruder stammt. Nur will diesen keiner gekannt und von seiner Existenz gewusst haben. Wir versprechen uns viel von den Befragungen der beiden Ehefrauen von Friedrich Stegel. Seine Ex, mit der er siebenunddreißig Jahre verheiratet war, können wir erst morgen erreichen. Seine aktuelle, die dreißig Jahre jüngere Ilona Stegel ist nach dem Trubel der Trauerfeierlichkeiten mit einem ehemaligen Schulfreund in ein Wellnesshotel geflüchtet. Sie soll noch heute zurückkommen und Kollegin Bernd wird sie umgehend befragen."

Wie auf Bestellung klingelte in diesem Moment das Handy von Lutz Waski.

Der Anruf kam von KK Gisela Bernd, die mitteilte, dass sie zusammen mit HK Kurt Kunze in der Einsteinstraße vor dem Haus der Friedrichs gewatet hat, wo Ilona Stegel soeben mit einem PKW angekommen ist. KK Bernd redete weiter: „Die Frau ist allein, Gisbert Habermann war nicht dabei."

Lutz Waski antwortete: "Frau Friedrich wird Ihnen, Ilona, sicher sagen können, ob ihr Schulfreund mit in dem Wellnesshotel war und wo er abgeblieben ist. Kommissar Kunze kann dann für heute Feierabend machen und sich morgen früh gleich um diesen Gisbert Habermann kümmern. Wenn Ihr Gespräch mit Ilona Stegel etwas Wichtiges ergibt, können Sie mich jederzeit anrufen."

Lutz hatte sein Handy kaum weglegt als sein Schwiegervater sagte: „Habe ich den Namen *Gisbert Habermann* eben richtig gehört? Er ist mit einem der wenigen äußerst unangenehmen Ereignisse verbunden, die ich in meiner langjährigen Tätigkeit als Pilot meistern musste.

Es muss im Frühjahr 1998 gewesen sein. Wir waren auf dem Rückflug von Palma de Mallorca nach Frankfurt/Main als die Purserin ins Cockpit kam und sagte „Chef, Sie müssen bitte mit nach hinten kommen, da ist ein junger Mann, der randaliert und lässt sich nicht beruhigen." Das war ebendieser *Habermann*. Er schrie laut, beschimpfte andere Passagiere, die Stewardessen und auch mich und drohte, handgreiflich zu werden. Dass er unter dem Einfluss von Drogen oder Alkohol, oder beiden, stand, konnten wir nur vermuten.

Wir, ein Steward und ich, haben ihn schließlich Handschellen angelegt und nach der Landung in Frankfurt der Polizei übergeben.

Seiner Begleiterin, sie hieß – glaube ich – Ilona Wolf oder so ähnlich, war jedenfalls die ganze Sache sehr peinlich."

„Das ist ja interessant, wie klein doch die Welt ist," staunte Lutz Waski. „Diese Ilona Wolf ist die zweite Frau von Friedrich Stegel. Gisbert Habermann war ihr erster Freund. 1998 waren die beiden etwa 18 Jahre alt. Wenn es damals ein Verfahren und eine Verurteilung gab, dann sicher nach dem Jugendstrafrecht- Dann sind wohl die Einträge in Personalunterlagen längst gelöscht. Ich werde aber Giela und Kurt informieren, sie können ja bei ihren Befragungen diese alte Geschichte aufwärmen."

Die Frauen hatten aufmerksam zugehört und alle vier rätselten dann noch eine Weile, wie es sein kann, dass keiner etwas von dem Zwillingsbruder gewusst hat.

„Eine Lösung werden wir hier nicht finden, vielleicht fällt uns im Traum etwas ein" meinte Lutz und schmunzelte. „Wir sagen jetzt aber: Gute Nacht." Damit verschwanden die jungen Leute nach oben und Lilo ging mit ihrem Mann ins Badezimmer.

13.

Ilona Stegel war im Haus verschwunden und Kommissarin Bernd ging auf die Haustür zu, um zu klingeln. In diesem Moment kam die junge Frau zurück, weil sie noch einiges aus ihrem Auto holen wollte.

Die Polizistin sprach sie an, stellte sich vor, zeigte ihren Dienstausweis und sagte, dass sie extra auf Frau Stegel gewartet habe, weil sie dringend mit ihr reden müsse.

„Ich kann mir schon denken, worum es geht. Helge, also Herr Reiter, und auch mein Bruder haben mich angerufen," sagte Frau Stegel. „Kommen Sie bitte herein, wir gehen nach oben ins Wohnzimmer. Sonderlich aufgeräumt ist es allerdings nicht, ich war, wie sie sicher wissen, vier Tage weg,"

Die beiden Frauen stiegen die Treppe hoch zur ersten Etage. Es gab nur eine Tür und die stand offen. Im dahinter befindlichen, relativ langen Flur, in dem ziemlich wahllos ein Rollkoffer und eine Reistasche standen, fielen der Kommissarin die vielen Bilder auf, die die beiden Längswände zierten.

Ilona Stegel ging voran, öffnete die vorletzte Tür auf der rechten Seite und ließ dann ihrem Gast den Vortritt ins Wohnzimmer.

Gisela Bernd schaute sich um. Was sie sah, gefiel ihr. Sie befand sich in einem großen, geschmackvoll eingerichteten Raum, dessen lange Fensterfront den Blick nach Südosten freigab. Man sah einige Häuser und den Kirchturm von Eppertshausen sowie ganz in der Ferne zwei von der untergehenden Sonne angestrahlten Windkrafträder an den Hängen des Odenwaldes.

Die Kommissarin war gebeten worden, in einem der bequemen, um einen rechteckigen Glastisch gruppierten, Sessel Platz zu nehmen. Die Hausfrau war in die Küche geeilt und kam nach wenigen Minuten mit einem Tablett zurück, auf dem eine Flasche Apfelsaft, eine Flasche Mineralwasser, ein Schälchen mit Eiswürfeln und zwei Gläser standen. „Möchten Sie auch eine Apfelsaftschorle?" lautete die Frage. Als ein *Ja gern* als Antwort kam, mixtc Ilona Stegel die Getränke und setzte sich ihrem Gast gegenüber.

Kommissarin Gisela Bernd eröffnete das Gespräch: „Frau Stegel, vorab eine Frage: Was können Sie mir über den Zwillingsbruder Ihres verstorbenen Mannes sagen?"

Die Antwort war knapp: „Ich kann mir auf die ganze Sache keinen Reim machen. Ich kenne keinen Zwillingbruder und Friedrich hat auch nie einen erwähnt. Nun hat Helge am Telefon gesagt, dass man einen Kopf gefunden hätte, der von einem Zwillingsbruder stammen muss. Ich kann mir das nicht erklären."

„Schade," erhielt sie zur Antwort. „Wir hatten sehr gehofft, dass Sie uns in dieser Angelegenheit weiterhelfen könnten.

Aber bitte erzählen Sie etwas von sich und Ihrem Leben mit Friedrich Stegel. Vor allem aber möchte ich wissen, wie sein Sterben am Montag vor einer Woche verlaufen ist."

Ilona begann und die Kommissarin erfuhr zunächst das, was ihr Bruder im Gespräch mit Lutz Waski bereits über sie berichtet hatte.

Also:

- Aufgewachsen in Offenbach;
- nach dem Abitur freiwilliges soziales Jahr in Kolumbien;
- Germanistikstudium nach sechs Semestern abgebrochen;
- Vervollkommnung der Sprachkenntnisse (Englisch; Spanisch; Französisch; Italienisch)
- Anstellung in der Werbebranche;
- fristlose Kündigung 2013;
- Anstellung bei *EMS*.

Zu ihrer Kündigung wurde Ilona Stegel etwas ausführlicher: „Ich hatte eine sehr gute Position bei einer Frankfurter Werbeagentur und war hauptsächlich mit der Akquirierung neuer Kunden beschäftigt – nicht ganz erfolglos, wie ich in aller Bescheidenheit bemerken darf. Dann habe ich mich in einen der Chefs verliebt. Er war zwar ein paar Jahre älter als ich, wollte sich aber scheiden lassen und mich heiraten.

Seine Frau hat aber nicht mitgespielt. Sie hatte das Geld und er musste sich fügen. Dann wurde ich rausgeschmissen, aber mein Anwalt hat für mich eine beachtliche Abfindung ausgehandelt.

Vorher hatte ich Gespräche mit Friedrich Stegel. Ich wollte seine Firma als Kunden für unsere Agentur gewinnen, denn seine eigene Werbeabteilung war den neuen Anforderungen nicht gewachsen. Aber statt Friedrich an die Agentur zu vermitteln, habe ich ihm angeboten, seine Werbung auf Vordermann zu bringen. Er hat akzeptiert und mich eingestellt. Zusammen mit zwei älteren Kollegen haben wir ein neues Marketingkonzept für *EMS* entwickelt und umgesetzt. Der Erfolg hat uns recht gegeben.

Mit Friedrich habe ich mich immer besser verstanden und bei einer Geschäftsreise nach Wien sind wir dann am Abend im Bett gelandet. Obwohl ein gutes Stück älter als ich, war Friedrich körperlich fit und auch in den Zeiten danach war er in allen Bereichen sehr aktiv – wenn Sie verstehen, was ich meine.

2016 hat sich Friedrich scheiden lassen und wir haben vor sechs Jahren geheiratet. Unser Zusammenleben war harmonisch und die Ehe war glücklich.

Am 14. Juli – ich werde das Datum nie vergessen können – ist Friedrich am Nachmittag so gegen 16:00 Uhr beim Kaffeetrinken plötzlich aufgestanden und hat gesagt: *Mir ist schlecht.*
Dann kippte er um und lag bewusstlos auf dem Teppich. Ich war mit ihm allein in der Wohnung, mein Bruder, der seit ein paar Tagen bei uns untergeschlüpft ist, weil seine Scheidung läuft, war noch auf Arbeit.
Ich war völlig durcheinander, habe aber sofort die 112 angerufen, den Fall geschildert und mit Herzmassage und Mund-zu-Mund-Beatmung begonnen. Friedrich hat sich nicht bewegt und ich konnte auch keine Lebenszeichen erkennen. Es hat dann eine gefühlte Ewigkeit gedauert, es waren aber nur zwölf Minuten, bis der Notarzt begleitet von zwei Sanitätern kam.
Sie haben begonnen, meinen Mann zu untersuchen und allerlei Gerätschaften ausgepackt. Der Notarzt hat mich dann aus dem Raum geschickt mit der Bitte, eine Schüssel Wasser und Handtücher zu holen. Als ich zurückkam, lag Friedrich hier auf dieser Couch und wurde weiter untersucht.
Nach einer Weile wandte sich der Notarzt an mich und sagte:

Frau Stegel, Ihr Mann hat einen ganz schweren Schlaganfall erlitten und nach meinen Erfahrungen wird er die nächsten 24 Stunden nicht überleben. Sollte das wider Erwarten doch der Fall sein, ist ziemlich sicher, dass er für immer körperlich und geistig schwerstbehindert sein wird.

Wir werden dennoch versuchen, ihn am Leben zu halten. Dazu werde ich einen Rettungshubschrauber anfordern, der ihn in eine Spezialklinik fliegen wird. Meine Kollegen werden alles für den Transport vorbereiten. Dazu müssen wir Sie ein paar Minuten allein lassen.

Sie gingen und ich saß weinend neben Friedrich.

Als der Arzt zurückkam, ging er zu meinem Mann, untersuchte ihn nochmals gründlich und stellte schließlich fest: *Der Mann lebt nicht mehr. Friedrich Stegel ist tot. Das ging schneller, als ich dachte.*

Einer der Sanitäter hatte den Hubschraubereinsatz abgesagt und der Notarzt wandte sich wieder mir zu:

Frau Stegel, mein aufrichtiges Beileid. Wenn es sie tröstet, Ihrem Mann ist ein jämmerliches, womöglich langes Siechtum erspart geblieben. Wir können hier nichts mehr tun. Ich werde den Totenschein ausfüllen, natürliche Todesursache ankreuzen und als Diagnose schweren Schlaganfall bescheinigen.

Haben Sie jemand der sich um Sie kümmert?

Als er erfuhr, dass mein Bruder jeden Moment kommen müsste, hat er sich verabschiedet und ist mit den beiden Sanitätern gegangen."

Kommissarin Bernd hatte – mit Einverständnis von Ilona Stegel – die Passagen des Gespräches, in denen es um das Sterben von Friedrich Stegel ging, auf ihrem Smartphon aufgenommen. Sie wendete sich an die Witwe: „Frau Stegel, ich weiß, dass das alles für Sie sehr schmerzlich ist, muss aber dennoch fragen was genau passiert ist, als Sie mit dem Sterbenden allein waren. Ich will auch kein Geheimnis aus dem Autopsiebericht machen. Man hat in den Atemwegen von Ihrem Mann Faserreste gefunden. Können Sie dazu etwas sagen?"

„Ja," kam die Antwort. „Ich hatte mein Gesicht auf das von Friedrich gelegt und dazwischen ein Sofakissen, in das meine Tränen flossen. Ich habe in diesem Moment nur an Friedrich gedacht, der niemals als Pflegfall dahinvegetieren wollte, wir hatten öfters darüber gesprochen. Der Notarzt hatte ja gesagt, dass Friedrich geistig und körperlich schwerstbehindert sein würde, falls er überlebt. Ich habe die Tatsache, als ich allein bei meinem Mann gelassen wurde, als Chance begriffen, so zu handeln, wie ich es getan habe."

Gisela Bernd hatte Mitgefühl mit Frau Stegel, sagte aber dennoch zu ihr: „Aus Ihrer Schilderung geht hervor, dass Sie aktiv am Tod Ihres Mannes beteiligt waren. Damit müssen wir das Ganze an die Staatsanwaltschaft übergeben. Dort wird man entscheiden, ob Anklage erhoben wird und wenn, ob diese auf *Mord, Totschlag* oder *Tötung auf Verlangen* lauten wird.

Ich bin mir nicht sicher, ob ich Sie in Polizeigewahrsam nehmen muss, wo Sie dann morgen früh einem Haftrichter vorgestellt werden, der entscheidet, ob er Untersuchungshaft anordnet.

Nach meiner Meinung ist das alles aber nicht nötig, da weder Verdunklungs- noch Fluchtgefahr bestehen. Dies kann ich aber nicht entscheiden. Deshalb werde ich die Aufzeichnung unserer Unterhaltung meinem Chef überspielen, der uns dann sagen wird, wie es weitergeht.

Vorher sagen Sie mir bitte noch, wie der Abend des 14. Juli verlaufen ist, nachdem Notarzt und Sanitäter abgerückt waren.

Frau Stegel, sichtlich erschrocken von der Möglichkeit in Haft genommen zu werden, antwortete: „Simon, das ist mein Bruder, hätte dem Notarzt beinah die Klinke in die Hand geben können und kam zu mir hereingestürzt. Er hatte den abfahrenden Krankenwagen gesehen und gedacht, dass einer von uns in die Klinik gebracht würde. Dann sah er Friedrich auf der Couch liegen, der zunächst den Eindruck vermittelte, dass er schliefe. Simon ging hin, merkte schnell, dass er einen Toten vor sich hatte, und kam zu mir, um mich in den Arm zu nehmen. Wir beratschlagten dann lange, was zu tun sei. Schließlich haben wir einen

Bestatter angerufen, der – das ist sein Metier – tröstende Worte sprach und fragte, ob der Tote gleich oder erst am nächsten Tag abgeholt werden soll. Wir entschieden uns für Ersteres.

Danach haben Simon und ich geredet über das, was da auf uns zukommen wird, über die Auswirkungen von Friedrichs Tod auf die Firma und über sonst alles Mögliche. Gegen zwei bin ich dann in den Schlaf gefallen, nachdem ich vorher ganz gegen meine Gewohnheit ein Beruhigungsmittel eingenommen hatte.

„Frau Stegel, Sie lieferten mir ein Stichwort," sagte die Kommissarin. „Was wissen Sie über den Verkauf der *Elektromotoren-Stegel-GmbH*?"

Die so Angesprochene berichtete, dass ein Herr Bogdanow von einer Vermittlungsfirma mehrfach mit ihrem Mann gesprochen und in Auftrag einer chinesischen Gesellschaft ein Kaufangebot von 120 Millionen Euro unterbreitet habe.

„Beim letzten Gespräch war ich dabei," redete Frau Stegel weiter. „Das war in der Woche vor Friedrichs Tod. „Bogdanow unterbreitete nochmals sein Angebot und malte aus, was man mit 120 Millionen alles anfangen könnte. Als Friedrich keinerlei Interesse zeigte, wurde Bogdanow ungehaltener. Er drohte, dass man dafür sorgen könne, dass *EMS* kein Bein mehr auf die Erde bekäme, man habe schon andere Sturköpfe in die Insolvenz getrieben.

Mein Mann hat dann wörtlich gesagt: *EMS ist mein Lebenswerk und solange ich lebe, wird diese Firma nicht verkauft, schon gar nicht an die Chinesen.*

Die Atmosphäre wurde frostig und Bogdanow hat sich verabschiedet.

Anschließend habe ich Friedrich vorgehalten, dass er doch nicht mehr der Jüngste sei und wenn er verkaufen würde, könnten wir es uns doch sehr bequem machen, mit Reisen, Kreuzfahrten, Konzert- und Theaterbesuchen usw. Da wurde er ziemlich ungehalten und wir hatten Streit. Er warf mir vor, ich sei nur hinter seinem Geld her, ich nannte ihn einen alten Sturkopp. Heute tut mir das natürlich leid."

„Eine letzte Frage noch:" griff die Kommissarin das Gespräch auf. „Wenn wir richtig informiert sind, waren Sie in den letzten Tagen mit Gisbert Habermann zusammen.

Sind Sie sicher, dass dieser am 14. Juli beim Sterben Ihres Mannes nicht anwesend war?"

Nach kurzem Zögern kam die Antwort: „Ja, absolut ja!"

„Dann erzählen Sie bitte etwas von Gisbert Habermann und Ihrem Verhältnis zu ihm," wurde Ilona Stegel aufgefordert.

Diese begann: „Gisbert, wir nannten ihn nur Gisi, ist wie mein Bruder und ich in Offenbach aufgewachsen. Sein Vater war Rumäne, seine

Mutter eine Hessin. Gisi sah blendend aus, hatte schöne lange schwarze Haare, eine wunderbare Stimme und beherrschte mehrere Musikinstrumente. Sein Geigenspiel war faszinierend. Wer ihn ärgern wollte, rief *Zigeunerkind*. Aber derjenige musste sicher sein, dass er bei der anschließenden Prügelei nicht den Kürzeren zog. Gisi war da nicht zimperlich und hat sich mehrfach Verwarnungen eingehandelt, weil er seine Gegner krankenhausreif geschlagen hatte.

In unserer Klasse, wir waren elf Mädchen und dreizehn Jungen, war Gisi der absolute King und der Schwarm aller Mädchen, auch von solchen aus den unteren Klassen.

Im elften Schuljahr wurde Gisi mein Freund und der erste Mann in meinem Leben. Ich war stolz und glücklich. Dass meine schulischen Leistungen nicht gelitten haben, wundert mich noch immer. Gisi hatte sowieso keine Probleme, ihm fiel alles leicht. Aus heutiger Sicht muss ich sagen, dass Gisi ein außergewöhnlicher Mensch war. Er konnte zärtlich sein bis zur Selbstaufgabe und war dann aber auch der wilde Reiter. Er war in hohem Maße fürsorglich und dann aber auch wieder absolut egoistisch.

Kurz vor dem Abitur hat dann Gisi mit mir Schuss gemacht. Ich war verzweifelt und wollte mir das Leben nehmen.

Das ging aber weiter. Ich floh nach Kolumbien, Gisi reiste um die Welt. Ich begann meine Karriere, Gisi machte immer dies und das und kam mehrfach mit den Gesetzen in Konflikt.

In den letzten Jahren haben wir uns einige Male getroffen, meist zufällig. Da hat es immer zwischen uns geknistert und wir sind im Bett gelandet. Dabei wurde mir klar, dass Gisi unter einer ausgeprägten Bindungsangst leidet.

Vor vier Wochen ist Gisi dann hier aufgetaucht. Er war mal wieder aus dem Gefängnis entlassen worden, suchte einen Job und hatte hochfliegende Pläne. Bei der Arbeitsplatzsuche konnte ich ihm helfen und an einigen Abenden haben wir auch wieder einmal miteinander geschlafen. Davon durfte Friedrich selbstverständlich nichts erfahren.

Am vergangenen Freitag hatte nun Friedrich seine letzte Ruhe gefunden, so dachte ich jedenfalls und ahnde nicht, dass sie ihn wieder ausbuddeln. Mir fiel das Dach auf den Kopf und ich beschloss, in ein Wellnesshotel zu fahren. Ich rief Gisi an, seine Handynummer kann ich Ihnen geben, und er kam mit. Wir waren in Bad Wildungen und es war, wie immer sehr schön – jedenfalls die ersten Tage. Dann gab es, auch wie immer, Streit und wir sind getrennt abgereist. Wo Gisi jetzt ist, kann ich Ihnen nicht sagen. Es gibt eine Adresse in Erzhausen, die auch sein Bewährungshelfer hat. Ob Gisi dort zu finden ist, weiß ich nicht.

Wie geht es nun mit mir weiter?" wollte Ilona Stegel zum Schluss wissen.

Kommissarin Bernd schaute auf ihr Smartphone und sagte: „Mein Chef, Hauptkommissar Waski, hat mir eine Nachricht geschickt. Er ist wie ich der Meinung, dass Sie vorerst auf freiem Fuß bleiben können. Allerdings dürfen Sie Eppertshausen nur verlassen, wenn das vorher mit uns abgestimmt ist. Außerdem muss ich Sie bitten, mir Ihren Reisepass auszuhändigen, das ist reine Routine."

Ilona Stegel holte ihren Pass und Gisela Bernd kramte eine Visitenkarte aus der Handtasche.

Die beiden Frauen tauschten die Sachen aus, wünschten sich gegenseitig eine gute Nacht und die Kommissarin verließ die Wohnung.

14.

Hauptkommissarin Melanie Forstmann, eine etwa 1,70 m große, schlanke Frau, die mit ihren kurzen blonden Haaren und ihrer schlanken, sportlichen Figur recht jugendlich wirkte, war mit ihrem PKW auf dem Weg nach Groß-Umstadt.

Sie ist die Stellvertreterin von Lutz Waski, dem Leiter der Abteilung *Gewaltverbrechen* im K10. Beide hatten sich kurz vorher mit Kriminalrat Torsten Haase, dem Leiter des Kommissariats K10 beraten. Dabei ging es vor allem um die Ergebnisse des Gesprächs, welches KK Gisela Bernd am Vorabend mit Ilona Stegel geführt hatte. Torsten Haase fand die Entscheidung, Frau Stegel vorerst auf freiem Fuß zu lassen, richtig, was Lutz Waski mit Erleichterung zur Kenntnis nahm. Hatte er doch in eigener Verantwortung so entschieden.

Melanie Forstmann hatte sich für 9:00 Uhr mit Renate Stegel, der ersten Ehefrau des toten Friedrich Stegel verabredet. Pünktlich hielt sie vor einem schmucken, zweigeschossigen Fachwerkhaus in der Altstadt. Die Fassade war kürzlich erneuert worden, aber bei genauerem Hinsehen war zu erkennen, dass sich vorher im Erdgeschoss ein Laden befunden hatte.

Die Kommissarin hatte einen Parkplatz direkt vor dem Haus gefunden, stieg aus und ging zur

Haustür. Diese wurde geöffnet, noch bevor sie die Klingel betätigen konnte.

Im Türrahmen erschien eine ältere Dame, die sich als Renate Stegel vorstellte.

Frau Stegel maß etwa 1,65 cm, hatte mittellange graue Haare und war mit einer hellblauen Bluse und einem dunkelblauen Rock sehr apart gekleidet.

Sie bat ihre Besucherin herein und ging voran in ihre Wohnung, die im Erdgeschoss lag. Durch einen kleinen Flur kam man ins Wohnzimmer, an das eine offene Küche grenzte.

Die beiden Frauen nahmen Platz in einer Sesselgruppe, wo auf einen kleinen Tisch schon eine Flasche Apfelsaft, eine Karaffe Wasser und zwei Gläser bereitgestellt waren.

„Möchten Sie etwas trinken", wurde Melanie Forstmann gefragt. Sie bat um eine Apfelsaftschorle und Renate Stegel mixte zwei dieser Getränke. Dann begann sie: „Früher war hier unten unser Elektrogeschäft und wir haben oben gewohnt. Als Friedrich dann in Eppertshausen gebaut hat, haben wir das Haus umgestaltet. Hier unten wollten wir wohnen und oben war für Wolf-Dieter, das ist unser Sohn, vorgesehen. Er wohnt jetzt oben mit seiner Frau Ariane und Isabell, ihrer Tochter. Diese ist 18 und wird im kommenden Jahr das Abitur machen. Ihre Eltern sind beide Musiker beim Darmstädter Philharmonischen Orchester.

Friedrich ist aber nicht mit hier eingezogen, er hat sich im Firmenneubau eine Wohnung einrichten lassen und ist 2014 dort eingezogen. Aber ohne mich, denn unsere Ehe war zu diesem Zeitpunkt schon am Ende. 2016 hat er sich dann nach 37 gemeinsamen Jahren scheiden lassen, alles wegen diesem Flittchen, das er dann 2019 geheiratet hat.

Aber das alles wissen Sie vielleicht schon.

Wie kann ich Ihnen denn helfen?"

Die Kommissarin antwortete: „Ja, Helge Reiter hat uns einiges erzählt. Aber wir haben viele offene Fragen, die Sie uns hoffentlich beantworten können. Zuvor aber möchte ich Ihnen noch mein aufrichtiges Beileid aussprechen zum Tod Ihres Exmannes. Auch wenn Sie getrennt waren, wird Ihnen sein Ableben nahe gegangen sein. Sie waren ja auch bei seiner Beisetzung.

Leider mussten wir ihn exhumieren und gerichtsmedizinisch untersuchen lassen. Es wurde nämlich im *Park 45* ein menschlicher Kopf gefunden, von dem man zunächst annahm, es sei der von Friedrich. Die genaueren Untersuchungen haben aber ergeben, dass er einem Zwillingsbruder von ihm gehört hat. Nur will keiner einen Zwillingsbruder kennen oder von einem solchen gehört haben. Deshalb unsere wichtigste Frage vorab: Was wissen Sie darüber?"

„Da kann ich Ihnen einiges erzählen," kam die erhoffte Antwort. Aber das wird eine längere Geschichte.

Frau Stegel begann und so erfuhr die Kommissarin Folgendes:

Margarete, die Mutter von Friedrich Stegel ist eine geborene Steiner und stammt aus Österreich, genauer aus Bregenz am Bodensee.

Ihr Vater hatte dort ein Elektrogeschäft, die *Steiner-Strom*, genau wie Friedrichs Großvater hier. Die beiden hatten den Krieg in der gleichen Nachrichtenkompanie überlebt und haben auch später guten Kontakt miteinander gepflegt. So haben sich auch ihre Kinder, Margarete Steiner und Anton Stegel, kennengelernt und schließlich ineinander verliebt. Margarete hatte die Aufnahmeprüfung für eine Gesangsausbildung am Wiener Konservatorium bestanden, aber die Liebe war stärker. Fazit: Ostern 1950 wurde geheiratet und sie ist mit Anton hier nach Groß-Umstadt gezogen. Für August hatte sich bereits Nachwuchs angemeldet.

Margarete hatte eine fünf Jahre ältere Schwester, mit der sie sich sehr gut verstand. Diese war ausgebildete Hebamme und hatte schon – über welche Beziehungen auch immer – das Sagen in einer gutgehenden Privatpraxis in Lindau am Bodensee.

Als nun der Geburtstermin näher rückte, ist Margarete zu ihrer Schwester nach Lindau gefahren und hat dort in deren Wohnung und mit ihrer Hilfe entbunden.

„Was nun kommt, klingt ein bisschen abenteuerlich," nahm Renate Stegel den Faden wieder auf, „aber Friedrichs Mutter hat mir das Ganze so erzählt.

Da waren Friedrich und ich aber längst verheiratet. Sie werden von der alten Frau sicherlich nicht viel erfahren können, weil sie ziemlich dement ist. Sie ist über 90 und lebt in einem Heim in Höchst im Odenwald. Sie können ja versuchen, ob sie Ihnen etwas erzählt. Mir hat sie jedenfalls gesagt, dass sie 1950 nicht nur einen Sohn geboren hat. Da aber in ihrer Familie sehr viele Männer im Krieg umgekommen waren, hatte sie beschlossen, dem Staat nur einen Sohn zu melden. Es genüge, wenn nur einer später zum Militär müsse. So gibt es nur die Geburtsurkunde von Friedrich Stegel, geboren am 3. August 1950 in Lindau am Bodensee. Eltern: Anton und Margarete Stegel, geb. Steiner.

Wenige Tage nach seiner Geburt ist Friedrich mit seiner Mutter hier nach Groß-Umstadt gekommen und in den folgenden Jahren als Einzelkind aufgewachsen. Sein Bruder ist bei Margaretes Schwester geblieben und bei ihr in Lindau, später in Bregenz als Friedrich Stegel groß geworden.

1965 waren sich die beiden Schwestern einig geworden, dass es an der Zeit sei, den Jungen zu sagen, dass sie Geschwister sind.

An ihrem 15. Geburtstag, dem 3. August 1965 hat man sich in München getroffen. Die beiden Jungen sahen völlig gleich aus und jeder war zunächst verblüfft, sein Spiegelbild in natura vor sich zu haben.

Margarete erklärte dann die Geschichte, nannte ihre Beweggründe und verlangte, dass niemand erfahren dürfe, dass sie als Zwillinge existierten. Sie sollten unter keinen Umständen irgendwo gemeinsam in Erscheinung treten.

Die beiden Jungen akzeptierten das und fanden das Ganze spannend. Sie hielten in der Folgezeit guten Kontakt, was bei den damaligen Kommunikationsmöglichkeiten nicht so einfach war. Es gibt wohl auch Episoden, wo sie die Rollen getauscht hatten. Jedenfalls hat mir später Friedrich davon erzählt und etwas habe ich selbst erlebt.

Beide haben Elektrotechnik studiert, der eine in Graz, der andere in München, und das väterliche Geschäft übernommen. Friedrich hat, wie Sie wissen, hier die *EMS* gegründet, sein Bruder das Zweigwerk in Bregenz geleitet.

Aber ich sollte vielleicht noch berichten, wie ich in die Familie kam. Doch da trinken wir erst einmal einen Schluck."

Nach einer Pause setzte Renate Stegel ihre Erzählung fort: „1977 habe ich Friedrich in einer Disco in Darmstadt kennengelernt. Zwischen uns hat es vom ersten Augenblick an gefunkt. Ich hatte meine Lehre bei der West-Bank abgeschlossen und war übernommen worden. Gewohnt habe ich in Darmstadt, in einem eigenen Zimmer, da haben wir manche schöne Nacht verbracht.

Einmal, das muss im Herbst 1978 gewesen sein, war Friedrich etwas verändert, vor allem im Bett. Am nächsten Abend hat mich Friedrich gefragt, ob ich etwas gemerkt habe, er hätte nämlich seinen Zwillingsbruder geschickt.

Ich war empört, fühlte mich hintergangen und wollte sofort Schluss machen. Friedrich nahm mich in die Arme, sagte, er sei nun mal doppelt vorhanden, aber er möchte mich auf der Stelle heiraten.

Ich heirate aber nur das Original und nicht das Duplikat, war meine Antwort.

Friedrich lachte und meinte, hoffentlich kannst du zwischen Friedrich-1 und Friedrich-2 immer unterscheiden. Ich nannte die beiden von da an Feins und Fzwo.

Wir haben dann 1979 geheiratet und 1980 wurde Wolf-Dieter geboren. Ich hoffe, dass Feins sein echter Vater ist.

Als der dann 2014 den Rappel kriegte und sich bei ihm alles nur noch um das junge Weib drehte, war es Fzwo, er war unverheiratet geblieben, der mich tröstete und sich rührend um mich gekümmert hat. An die Abmachung mit seinem Bruder hat er sich aber dabei strikt gehalten und ist absolut im Hintergrund geblieben.

Die beiden hatten den Plan, bei der Feier zu ihrem 75. Geburtstag durch einen gemeinsamen Auftritt die ganze Gesellschaft zu verblüffen. Zur Vorbereitung wollte Fzwo am Sonntag, dem 13. Juli zu seinem Bruder nach Eppertshausen fahren. Seitdem habe ich nichts mehr von ihm gehört. Nach dem, was Sie mir vorhin gesagt haben, muss ich annehmen, dass man ihn umgebracht hat."

Melanie Forstmann hatte den Bericht von Frau Stegel aufmerksam und mit großem Interesse zur Kenntnis genommen. Sie sagte: „Es ist leider Gewissheit, dass Ihr Fzwo auch tot ist. Dazu mein herzliches Beileid. Wir werden zu klären haben, wie er ums Leben gekommen ist. Bisher haben wir nur seinen Kopf, aber meine Kollegen arbeiten mit Hochdruck daran, auch den Torso zu finden. Dann wissen wir mehr und Sie können seine Bestattung in die Wege leiten.

Eine Frage habe ich noch: „Wir wissen, dass es Interessenten für den Kauf der *Elektromotoren-Stegel-GmbH* gibt, und können einen Zusammenhang mit dem Ableben der beiden Brüder Friedrich nicht ausschließen. Was können Sie mir von dieser Geschichte sagen?"

„Da muss ich wieder ein bisschen ausholen," lautete die Antwort: „Wir haben die *EMS* 2002 gegründet mit einem Stammkapital von einhunderttausend Euro. Die Anteile wurden von den beiden Friedrichs zu je 40% gehalten, 20% gehören mir. Der Gesellschaftervertrag sieht vor, dass im Fall des Ablebens eines Gesellschafters dessen Anteile an die verbleibenden fallen. Deshalb bin ich jetzt wohl alleinige Eigentümerin von *EMS*. Wie das mit finanziellen Ausgleichszahlungen an Erben usw. geregelt wird, ist Sache unseres Anwalts.

Helge Reiter, das ist unser Geschäftsführer, sagte mir vor etwa zwei Wochen, dass der Vertreter einer Maklerfirma, ein Herr Bogdanow, bei meinem Ex und seiner neuen Frau gewesen sei und ihm zum Verkauf der Firma an ein chinesisches Unternehmen gedrängt habe. Friedrich soll gesagt haben: *Nur über meine Leiche.* Ob diese geldgierige Ilona gedacht hat, sie würde erben und könne verkaufen, weiß ich nicht. Aber da hat sie sich nach Lage der Dinge absolut verkalkuliert.

Ich werde abwarten, wie sich die Dinge entwickeln, aber an Bogdanow und seine Auftraggeber werde ich mit Sicherheit nicht verkaufen."

Die Kommissarin bedankte sich für das aufschlussreiche Gespräch und sagte, dass die wichtigen Informationen, die dies ergeben hat, wesentlich zur Klärung der ganzen Angelegenheit beitragen würden. Sie versprach, dass sie ihre Gesprächspartnerin auf dem Laufenden halten würde und das wohl noch eine weitere Unterhaltung im Präsidium notwendig wird.

Damit verabschiedeten sich die beiden Frauen und HK Melanie Forstmann ging zu ihrem Auto. Von dort rief sie gleich den Leiter der *Soko Kopf* an: „Lutz, ich habe interessante Neuigkeiten. Frau Renate Stegel wusste ziemlich viel über den Zwillingsbruder. Ich habe das Gespräch mit ihr auf meinem Handy und werde dir diese Datei gleich schicken.

Außerdem denke ich, dass die Aussagen von Renate Stegel die Arbeit von Ralf[11] in Lindau und Bregenz wesentlich vereinfachen können. Wenn du es für richtig hältst, kannst du ihm die Gesprächsaufzeichnung weiterleiten.

Ich komme jetzt ins Präsidium, wollte dir aber die brisanten Informationen unmittelbar zukommen lassen. Bis gleich,"

Melanie legte ihr Handy in die Freisprechanlage, startete ihr Auto und fuhr los.

---

[11] Gemeint ist Kriminalkommissar Ralf Kleinert

15.

Mittwoch, 23. Juli; 9:15 Uhr

Miriam Fendt, die Kommissaranwärterin von der Abteilung *Gewaltverbrechen* und die Kommissarin Tina Fritz von der Abteilung *Brandursachenermittlungen* waren gemeinsam unterwegs, um sich mit Sohn, Schwiegertochter und Enkelkind des getöteten Friedrich Stegel zu unterhalten. Tina Fritz, eine schmucke junge Frau mit brünetten, zu einem Pferdeschwanz gebundenen Haar, war mit Jeans, farbig gemusterter Bluse und hellen Sneakers salopp gekleidet. Sie erweckte keineswegs den Eindruck einer Polizistin. Aber das täuschte. Frau Fritz war mit Leib und Seele Kriminalistin und hatte schon in der Vergangenheit einige Male mit großem Engagement die Arbeit der Abteilung *Gewaltverbrechen* unterstützt[12].

Die beiden Frauen fuhren mit einem Dienstwagen der RKI zum Staatstheater, wo das Darmstädter Philharmonische Orchester gerade probte. Wolf-Dieter Stegel spielte in diesem Klangkörper die 1.Oboe, seine Frau Ariane Cello. Für beide ist Musik Beruf und Berufung. Sie hatten mit den Polizistinnen vereinbart, sich im Theater zu treffen.

---

[12] Siehe: Die Tote in der Sauna; BoD 2023 und
Der Tote in Nachbars Garten, BoD 2024

Diese hatten ihr Auto im Parkhaus abgestellt und suchten den Weg zum großen Saal, was nicht ohne Fragerei und den Einsatz des Dienstausweises von statten ging.

Schließlich standen die beiden auf der Seitenbühne und lauschten den Klängen. „Das ist Mozart, was da gespielt wird", sagte Tina Fritz, die für klassische Musik schwärmte.

Als nach wenigen Minuten der Dirigent abklopfte, um mit seinen Musikern zu sprechen, ging Miriam Fendt auf ihn zu, zeigte ihren Dienstausweis und sagte, dass man dringend mit dem Ehepaar Stegel sprechen müsse.

„Das geht jetzt nicht," erhielt sie zur Antwort. „Wir proben Mozarts Oboenkonzert C-Dur, KV 314, und da kann ich meinen 1. Oboisten keine Minute entbehren."

Miriam wurde ungehalten und entgegnete: „Großer Meister, wir sind nicht wegen irgendeines Verstoßes gegen die Parkordnung hier. Wir sind von der Mordkommission und Ermitteln in einem Tötungsdelikt. Wenn Sie nicht kooperieren, könnte man das als Behinderung polizeilicher Untersuchungen auslegen. Also: Ich schlage vor, Sie unterbrechen Ihre Probe für zwanzig Minuten und wir bemühen uns, in dieser Zeit mit der Befragung des Ehepaars Stegel fertig zu werden."

Der Dirigent war einverstanden und auch neugierig geworden. Er wollte wissen, wer denn da ermordet wurde.

„Da es um laufende Ermittlungen geht, können wir nichts dazu sagen," erhielt er zur Antwort. „Aber Wolf-Dieter Stegel und seine Frau können Ihnen nach unseren Gesprächen gewiss etwas sagen.
Sicher gibt es hier zwei Räume, wo sich meine Kollegin und ich mit Herrn Stegel und seiner Frau unterhalten können."

Dies war der Fall.
Wolf-Dieter Stegel und Tina Fritz nutzten eine leerstehende Künstlergarderobe und die Kommissarin begann: „Herr Stegel, zunächst mein aufrichtiges Beileid zum plötzlichen Tod Ihres Vaters. Sie wissen, dass er einen schweren Schlaganfall erlitten hat. Dennoch gibt es ein paar Ungereimtheiten, weshalb ich Sie einiges fragen muss:
Wie war das Verhältnis zwischen Vater und Sohn? Hat es sich durch die Scheidung Ihrer Eltern verändert? Wie stehen Sie zur 2. Frau Ihres Vaters? Was wissen Sie von seinem Zwillingsbruder?"

Wolf-Dieter antwortete freimütig. Er schilderte seinen Vater als stets freundlichen, arbeitsamen Menschen, dessen ganzes Tun und Denken auf seine Firma ausgerichtet war. Die *EMS* ist sein Lebenswerk gewesen und Friedrich Stegel habe es sehr bedauert, dass sein Sohn nicht seine Nachfolge antreten wollte.

„Aber mein Vater," redete Wolf-Dieter weiter, „hat meine Entscheidung, Berufsmusiker zu werden, akzeptiert und das Verhältnis zwischen uns war sehr gut. In meiner Kindheit und Jugend wünschte ich mir allerdings oft, dass er mehr Zeit für mich gehabt hätte."

Nach einer kurzen Pause, in der Kommissarin Fritz das Einverständnis ihres Gesprächspartners eingeholt hatte, das Gespräch mitzuschneiden, redete dieser weiter: „Als sich die Eltern scheiden ließen, war ich 36 Jahre alt und selbst längst verheiratet. Mit Vater habe ich darüber gesprochen und er hat sich sinngemäß geäußert: *Ich habe mein ganzes Leben lang gearbeitet und nur gearbeitet. Jetzt mit 66 habe ich mich gefragt: War das Alles? Kann mir das Leben nicht mehr bieten? Und da bin ich Ilona begegnet und erlebe einen zweiten Frühling.*
Irgendwie konnte ich meinen Alten verstehen, zumal Ilona eine wirklich attraktive Frau ist. Sie ist aufgeschlossen, kein bisschen eingebildet und sicher in der Lage, manchen Mann den Kopf zu verdrehen. Als Mann fühlt man sich zu ihr hingezogen. Nur gut, dass ich glücklich verheiratet bin," beendete Wolf-Dieter seine Ausführungen mit einem Schmunzeln.

Und was wissen Sie von dem Zwillingsbruder?" hakte die Kommissarin nach.

„Die Geschichte ist eigenartig," lautete die Antwort. „Über lange Jahre wusste ich nicht, dass mein Vater einen Bruder hatte und ich also einen Onkel habe.

Als die Eltern schon getrennt lebten, es war im Oktober 2015 – glaube ich – saß eines Tages ein Mann bei meiner Mutter im Wohnzimmer, von dem ich annehmen musste, dass er mein Vater ist. Mit *Hallo Papa* ging ich auf ihn zu und erhielt die mich völlig verblüffenden Antwort, dass er nicht mein Vater, sondern dessen Bruder sei.

Meine Mutter erklärte dann, dass die beiden erst seit ihrem 16 Lebensjahr wussten, dass sie als Zwillinge auf der Welt sind. Sie haben sich damals geschworen, diesen Fakt geheim zu halten, und bis zuletzt diesen Schwur gehalten. Mein Vater hat hier die Firma *EMS* aufgebaut und geleitet. Onkel Fzwo bzw. Friedrich-zwo – die Mutter benutzte beide Namen – hat das Zweigwerk in Bregenz geführt. Nach der Scheidung meiner Eltern war er öfter hier und hat sich fürsorglich um Mutter gekümmert.

Ich habe ihn aber schon länger nicht gesehen."

KK Tina Fritz bedankte sich für das offene Gespräch und sagte dann: „Herr Stegel, ich muss Ihnen leider mitteilen, dass auch Ihr Onkel nicht mehr lebt, mein Beileid. Warum und wie er zu Tode gekommen ist, versuchen wir gerade zu klären."

Dann sah sie auf ihre Armbanduhr und meinte: „Die uns zugebilligten zwanzig Minuten haben wir jetzt fast ausgeschöpft. Wir wollen zu Ihrer Frau gehen, die sicherlich die Unterhaltung mit meiner Kollegin auch beendet hat. Dann können Sie beide wieder an Ihre Arbeit gehen. Ich liebe übrigens klassische Musik und habe leider nur wenig Zeit für Konzertbesuche."

Wolf-Dieter antwortete: „Das Konzert, für dass wir gerade proben, wird am 15. August zu Mariä Himmelfahrt zum ersten Mal zu hören sein. Wir spielen ausschließlich Werke von Wolfgang Amadeus Mozart. Wenn Sie möchten, kann ich Ihnen zwei Karten zur Verfügung stellen."

„Das ist ja ganz toll," freute sich Tina Fritz. „Wir werden diese selbstverständlich bezahlen, damit es nicht nach Bestechung aussieht." Damit verließen die beiden den Raum, um Ariane Stegel, die mit Miriam Fendt kam, in die Arme zu laufen.

16.

Mittwoch, 23. Juli; 9:30 Uhr

Miriam Fendt und Ariane Stegel hatten sich auch in einen der leerstehende Garderobenraum zurückgezogen.

Die Musikerin war eine zierliche, nicht sehr große Frau mit südländischem Flair. Ihr kleingeblümtes Straßenkleid, bei dem die Gelbtöne vorherrschten, passte sehr gut zu ihrem vollen schwarzen Haar.
Sie hatte Miriams bewundernden Blicke bemerkt und sagte: „Bei den Proben tragen wir ganz normale Kleidung, das festliche schwarze Kostüm ist den Aufführungen vorbehalten, wenn wir auf der Bühne oder im Orchestergraben sitzen.
Aber wie kann ich Ihnen helfen, was wollen Sie von mir? Mein Schwiegervater ist doch schon begraben."

Die Kriminalistin entgegnete: „Leider gibt es im Zusammenhang mit seinem Tod noch einige ungelöste Probleme und wir mussten ihn exhumieren und gerichtsmedizinisch untersuchen lassen. Deshalb meine Bitte: Erzählen Sie, wie ihr Verhältnis zu Ihrem Schwiegervater war und alles, was sie über ihn und seinen Zwillingsbruder wissen."

Ariane berichtete, dass sie Friedrich Stegel seit über zwanzig Jahren kannte. Wolf-Dieter und sie hatten zur gleichen Zeit an der Hochschule für Musik FRANZ LISZT in Weimar studiert und Weihnachten 2003 wurde sie von ihrem späterem Mann erstmals mit nach Hause genommen. Sein Vater und sie seien sich vom ersten Augenblick an sympathisch gewesen. Sie schilderte dann Friedrich Stegel als besonnenen und sehr fleißigen Menschen, für den seine Firma über alles ging.

Ariane setzte fort: „Deshalb wohl waren unsere Kontakte auch nach unserer Heirat nicht allzu häufig. Das änderte sich schlagartig, als 2007 unsere Isabell geboren wurde. Friedrich war in seine Enkelin regelrecht vernarrt und sie konnte ihren Opa immer um den Finger wickeln. Das gute Verhältnis zwischen den beiden wurde aber durch die Scheidung der Großeltern getrübt. Mit der zweiten Frau ihres Opas ist Isabell nie recht warm geworden. Sie war dann sehr für ihre Oma, also meine Schwiegermutter, da. Meine Eltern hat sie leider nie kennengelernt, ich bin ab meinem sechsten Lebensjahr in Heimen aufgewachsen.

Isabell macht uns allen viel Freude. Im nächsten Jahr steht das Abitur an. Das Mädchen weiß noch nicht, in welche Richtung sie dann ihr Leben lenken will. Einerseits ist sie in allen MINT-Fächern, also in den Bereichen Mathematik, Informatik, Naturwissenschaften, Technik wirklich sehr gut. Wohl ein Erbgut ihres Opas und Resultat seiner Beschäftigung mit ihr. Andererseits ist Isabell musisch außeror-

dentlich begabt – viele sagen: kein Wunder bei den Eltern – hat eine wunderschöne Stimme, spielt hervorragend Klavier und beherrscht weiter Instrumente wie Cello und Flöte.
Wir drängen das Kind in keine Richtung und sind überzeugt, dass sie das Richtige tun wird.
Dass sie der Tod ihres Opas tief getroffen hat, brauche ich wohl nicht zu betonen."

Ariane Stegel wollte ihre Ausführungen schon beenden, bemerkte aber, dass die Polizistin zu einer Frage ansetzte und redete weiter: „Ach so, Sie wollen ja noch etwas von dem Zwillingsbruder meines Schwiegervaters wissen. Für mich und auch für meinen Mann ist die Geschichte reichlich mysteriös. Bis zur Trennung seiner Eltern dachte Wolf-Dieter, dass sein Vater ein Einzelkind ist.
Es war dann im Herbst 2015. Ich war beim Schwiegervater in der Firma und als ich in Groß-Umstadt ankam, sah ich ihn bei Renate, also bei meiner Schwiegermutter, in der Stube sitzen. Vor Staunen bekam ich den Mund nicht zu, bis Renate erklärte, dass hier Friedrich Stegel, den sie Fzwo nannte, sitzen würde und der ein Zwillingsbruder ihres Noch-Ehemannes, dem Feins, sei.

Fzwo sagte dann zu mir, dass er und sein Bruder vom sechzehnten Lebensjahr an die Existenz des jeweils anderen gekannt haben. Sie hätten aber die Sache absolut geheim gehalten, ganz im Sinne und Auftrag ihrer Mutter. Ich wurde eindringlich gebeten, daran nicht zu rütteln.

Deshalb habe ich auch bis heute mit keiner Menschenseele darüber gesprochen, außer mit meinem Mann, der genauso überrascht gewesen ist, wie ich. Ob Isabell etwas weiß, kann ich nicht sagen, Sie werden das Kind selbst fragen müssen."

Miriam Fendt bedankte sich und die beiden Frauen verließen den Raum. Auf dem Flur trafen sie Tina Fritz und Wolf-Dieter Stegel. Die beiden Eheleute wollten sich gerade von den Kriminalisten verabschieden, als sich das Smartphone von Herrn Stegel meldete. Der sah auf das Display, sagte: „Mutter" und nahm das Gespräch an.

Aufgeregt und laut sagte Renate Stegel: „Ich wurde eben angerufen. Isabell ist entführt worden! Ich soll neunhunderttausend Euro zahlen. Wenn ich das nicht tue und die Polizei nicht außen vor lasse, würde es meiner Enkelin genau so gehen, wie meinen beiden Männern. Mit den Worten *Wir melden uns* hat der Anrufer aufgelegt, ich glaube, es war eine Frau. Was soll ich machen?"

„Erst einmal gar nichts," antwortete ihr Sohn. „Ariane und ich lassen hier alles stehen und liegen und kommen auf den schnellsten Weg zu Dir. Warte bis dahin bitte ab."

Die anderen drei hatten das Gespräch zumindest teilweise mitgehört, obwohl der Lautsprecher des Smartphones nicht aktiviert war.

Kommissarin Fritz ergriff die Initiative:

„Dass mit *Polizei außen vorlassen*, wird ja nun nichts. Wenn wir von einem Kapitalverbrechen erfahren, müssen wir tätig werden – und das ist auch in diesem Fall gut so.

Wir haben Kollegen, die für Entführungsfälle speziell ausgebildet sind, und auch über die erforderlichen technischen Möglichkeiten verfügen.
In der überwiegenden Mehrzahl der Fälle ist es uns gelungen, die Opfer unbeschadet zu befreien.

Ich schlage vor, Sie beide fahren nach Hause und wir ins Präsidium. Zuvor werde ich den Chef informieren und er wird alles Notwendige in die Wege leiten.

Es werden sicherlich Mitarbeiter von uns zu Ihnen nach Groß-Umstadt kommen, getarnt als Postbote, Störungsdienst oder Ähnlichem.
Das wird gemacht für den unwahrscheinlichen Fall, dass Ihr Haus beobachtet wird.

Behalten Sie bitte die Nerven. Ich kann mir vorstellen, dass Sie große Angst um Ihre Tochter haben, bin aber sehr zuversichtlich. Sie werden Isabell bald wohlbehalten in den Armen halten können.“

Damit trennte man sich. Das Ehepaar Stegel informierte den Dirigenten und KK Tina Fritz telefonierte mit dem Präsidium.

Bald sah man zwei Autos die Tiefgarage verlassen und zügig davonfahren.

17.

Im großen Beratungsraum des Kommissariats K10 hatte dessen Leiter, Kriminalrat Torsten Haase, alle verfügbaren Mitarbeiter zu einer Krisensitzung zusammengerufen und auch den 1. Hauptkommissar Daniel Goebel, der den Bereich Kriminaltechnik leitet, dazu gebeten.

KR Haase begann: „Ich erspare mir alle Anreden und komme sofort zur Sache:
Wir haben es mit einem aktuellen Entführungsfall zu tun!"

Dann schilderte er, wie die Kolleginnen Fritz und Fendt glücklicherweise von der Sache erfahren haben, wobei der/die Entführer natürlich verlangt hatten, keine Polizei einzuschalten.

Er lobte ausdrücklich das besonnene Verhalten seiner beiden Mitarbeiterinnen und sagte dann: „Das Opfer der Entführung ist Isabell Stegel, die achtzehnjährige Enkeltochter des getöteten Friedrich Stegel. Ihre Oma, Renate Stegel, soll neunhunderttausend Euro für die Freilassung ihrer Enkelin zahlen.

Mit den Vorgängen um das Ableben von Friedrich Stegel, dem Chef der *Elektromotoren-Stegel-GmbH (EMS),* befasst sich derzeit unsere *Soko Kopf* unter Leitung von HK Lutz Waski. Ob zwischen der Entführung von Isabell Stegel und den Tötungen ihres Großvaters und ihres Onkels ein Zusammenhang besteht, ist noch unklar, aber nach meiner Meinung sehr wahrscheinlich.

Wir werden aber die Arbeit der *Soko* und die Entführungsgeschichte getrennt behandeln. Die Leitung im Entführungsfall übernehme ich selbst, selbstverständlich in enger Abstimmung mit Lutz.

Als erstes bitte ich HK Melanie Forstmann zu Stegels nach Groß-Umstadt zu fahren. Sie sollte ein Fahrzeug der DHL nehmen, sich eine gelbe Montur besorgen und dort als Postbotin erscheinen. Zu Renate Stegel hat sie ja einen guten Kontakt und sie wird abwarten müssen, wann und wie die Entführer reagieren.

Dann bitte ich Daniel um Unterstützung. Er möge geeignete Leute auswählen, die bei Stegels die Kommunikationskanäle (Festnetz, Mobiltelefone, Internet) präparieren und Fangschaltungen einrichten. Na, ihr wisst selbst, was da nötig ist.

KK Tina Fritz und KA Miriam Fendt bitte ich, sich um das Umfeld von Isabell Stegel zu kümmern. Mit aller Vorsicht! Vielleicht lässt sich feststellen, von wo und wie das Mädchen entführt wurde. Es sind bekanntlich Ferien, aber vielleicht war sie mit einer Freundin verabredet. Hört euch bitte um, aber macht mir nicht die Pferde scheu."

KR Haase entschied dann, dass die anderen Mitarbeiter ihre Arbeit, aus der er sie wegen des Entführungsfalles herausgerissen hatte, wieder aufnehmen können. Allerdings könne

es, je nachdem wie sich dieser entwickeln würde, dazu kommen, dass sie dafür eingesetzt
werden müssen.
Unter regen Diskussionen verließen die Kriminalisten den Versammlungsraum.

Lutz Waski war gebeten worden, noch einen
Moment zu bleiben. Sein Chef fand es sehr
gut, was die Befragung von Renate Stegel
durch Melanie Forstmann ergeben hatte.
Lutz sagte dazu: „Dem ist voll zuzustimmen,
wir haben hier sicherlich einen Durchbruch
erzielt. Aber wie Fzwo umgekommen ist und
wo sich sein restlicher Körper befindet, wissen
wir noch immer nicht. Ich hoffe, die Durchsuchung von Wohnung und Firma seines Bruders
bringt uns hier weiter.
Außerdem ist dieser Gisbert Habermann noch
nicht gefunden worden.
Bernd Kleinert hat sich aus Österreich auch
noch nicht gemeldet. Es gibt also noch viel zu
tun."
Mit einem aufmunterten *Ihr seid auf dem richtigen Weg* wurde der Leiter der *Soko Kopf*
schließlich verabschiedet.

18.

Vor dem Haus von Renate Stegel in der Altstadt von Groß-Umstadt hielt ein gelbes Auto
mit der Aufschrift DHL. Ihm entstieg eine
junge Frau, bekleidet mit einer gelben Jacke
des Paketdienstes. Sie trug ein Päckchen zur
Haustür und klingelte. Ein Mann öffnete.

„Sie müssen Wolf-Dieter Stegel sein," sprach
ihn HK Melanie Forstmann an und zeigte
ihren Dienstausweis. Das DHL-Auto fuhr weiter und die beiden gingen ins Wohnzimmer.

„So schnell sieht man sich wieder," sagte sie
zu Renate Stegel und begrüßte sie und auch
deren Schwiegertochter Ariane.
Diese eilte in die Küche und brachte Getränke,
Apfelsaft, Cola, Fanta und Wasser sowie vier
Gläser. Man setzte sich an den Esstisch und
die Kommissarin forderte Renate Stegel auf,
ihr möglichst genau den Erpresseranruf zu
beschreiben.
Diese sagte: „Es war zehn Minuten nach zehn,
als das Telefon, der Festnetzanschluss, klingelte. Ich nahm den Hörer ab und meldete
mich. Eine Stimme, wahrscheinlich die einer
Frau, sprach:
*Frau Stegel, wir haben Ihre Enkeltochter
Isabell in unserer Gewalt. Wenn Sie tun, was
wir sagen, passiert ihr nichts und sie ist bald
wieder frei. Legen sie neunhunderttausend*

111

Euro in bar bereit. Wenn Sie aber nicht zahlen oder die Polizei einschalten, passiert Isabell das gleiche, wie Ihrem Mann Friedrich und seinem Bruder.
Wir melden uns.
Dann wurde aufgelegt, bevor ich auch nur einen Ton hervorbringen konnte.

Melanie Forstmann war im Begriff, den Stegels zu erklären, wie es weitergehen wird, als es klingelte.
Vor dem Haus stand ein Fahrzeug mit der Aufschrift WASSERWERKE – STÖRUNGSDIENST und zwei Männer in Arbeitskleidung und mit Werkzeugtaschen in den Händen begehrten Einlass.
„Das sind Hauptkommissar Stefan Ring und Kommissar Guy Nertier von unserer Kriminaltechnik," stellte Frau Forstmann die beiden vor. „Sie werden dafür sorgen, dass alles gespeichert wird, was die Entführer sagen werden, und vor allem, dass möglichst genau die Quelle geortet wird, von der ein Anruf kommt. Für uns bleibt das nervige Warten.
Ich möchte aber gern noch wissen, wie der Tagesbeginn für Isabell verlaufen ist."

KK Nertier hatte inzwischen den Werkstattwagen weggefahren und war über den Hof durch die Hintertür zurückgekommen.

Renate Stegel berichtete, dass Isabell so halb neun mit dem Fahrrad weggefahren ist. Sie wollte zu ihrer Freundin nach Semd. Die beiden Mädchen hatten die Absicht, in das am 15. Mai nach aufwändiger Grundsanierung neueröffnete Dieburger Ludwig-Steinmetz-Bad zu radeln.

„Nach dem Erpresseranruf wollte ich eigentlich gleich die Freundin anrufen," sagte Renate Stegel, „habe es aber unterlassen, da Sie sagten, ich solle nichts unternehmen."

„Das war schon richtig," antwortete Melanie Forstmann, „aber jetzt sollten Sie diesen Anruf tätigen."

Isabells Oma rief an und erfuhr, dass ihre Enkeltochter nicht gekommen und auch auf ihrem Handy nicht erreichbar sei,

Handy war das Stichwort für HK Stefan Ring. Er erbat sich die Nummer und setzte sich mit seinen Kollegen im Präsidium in Verbindung, um eine Ortung dieses Gerätes zu versuchen.

„Es gibt noch eine Ortungsmöglichkeit," schaltete sich Isabells Vater ein. „Isabell hat ein neues Fahrrad, ein teures E-bike, und da ist im Rahmen ein GPS-Sender installiert."

Isabells Mutter sprang auf: „Ich gehe in ihr Zimmer und hole die Unterlagen."

Obwohl in Isabells Zimmer ziemliches Chaos herrschte, fand Ariane Stegel rasch die gesuchten Papiere und gab sie den Kriminaltechnikern.

„Das ist eine gute Sache," lobte HK Ring. „Damit finden wir das Fahrrad sicher. Ob dann die Besitzerin auch in der Nähe ist, wird man abwarten müssen."

Er griff zu seinem Telefon und leitete die Suche nach dem E-Bike ein.

„Jetzt ist Geduld gefragt," sagte Kommissarin Forstmann in die Runde, in der die Stegels schweigend, jeder seinen Gedanken nachhängend, saßen, während die beiden Techniker mit dem Aufbau von Aufzeichnungstechnik und Fangschaltung befasst waren.

Nach etwa dreißig Minuten hielt ein Auto vor der Tür, eine schwarze Mercedes-Limousine. Ein Mann stieg aus und kam auf die Haustür zu,

„Den kenne ich," rief Melanie Forstmann. „Das ist Bogdanow, was will der denn hier?

Wir sollten Renate Stegel allein mit ihm reden lassen. Dass die Polizei im Haus ist, darf er nicht mitbekommen."

Die Kriminalisten verzogen sich in die Küche. Auch Renates Sohn und seine Frau verschwanden von der Bildfläche, indem sie nach oben in ihre Wohnung gingen. Die Türen blieben angelehnt, womit man hören konnte, was im Wohnzimmer gesprochen wurde.

Es klingelte. Renate Stegel öffnete die Haustür und sah den vor ihr stehenden, mit braunem Anzug, weißem Oberhemd und passender Krawatte sehr gut gekleideten Mann fragend an.

„Ich bin Boris Bogdanow," stellte sich dieser vor. „Ich glaube, wir sind uns schon einmal begegnet. Mit Ihrem Mann – übrigens mein Beileid – habe ich wegen der Übernahmen der *Elektromotoren-Stegel-GmbH (EMS)* verhandelt, wobei ich ein sehr gutes Angebot unterbreitet hatte. Sie müssen wissen, ich bin Inhaber einer Beraterfirma, der *FBOC (Frankfurt-Bogda-now-Consulting)* und handle in diesem Fall im Auftrag eines chinesischen Firmenkonsistoriums. Aber vielleicht können wir ins Haus gehen?"

Renate Stegel bat Boris Bogdanow ins Wohnzimmer und bot ihm einen Platz in der Sesselgruppe an. Ein Getränk lehnte ihr Besucher ab, Flaschen und Gläser der vorigen Gäste waren zum Glück abgeräumt.

„Was kann ich für Sie tun?" wollte Frau Stegel wissen.

Bogdanow holte etwas aus und erklärte, dass seine Mandanten, also die Chinesen sehr daran interessiert seien, die *EMS* zu übernehmen und dafür 120 Millionen Euro zahlen wollen.
Er redete weiter: „Ihr Mann hat aber den Vertrag, den ich ihm vorgelegt hatte, noch nicht unterschrieben."

Hier wurde er von Renate Stegel unterbrochen: „Sie reden von meinem Exmann, und wenn ich richtig informiert bin, hätte er seine Firma um keinen Preis der Welt verkauft."

Es trat eine Pause ein.

Schließlich redete Herr Bogdanow weiter: „Frau Stegel, wenn ich richtig informiert bin, sind Sie jetzt, da Ihr Exmann und sein Bruder leider nicht mehr leben, alleinige Inhaberin der *EMS*. Ich kann mir auch vorstellen, dass Sie kurzfristig eine große Menge Bargeld benötigen. Falls Sie einen Vorvertrag über den Verkauf der Firma unterschreiben, kann ich Ihnen sofort zwanzig Millionen Euro in bar auf den Tisch legen."

Frau Stegel antwortete: „Herr Bogdanow, ich weiß zwar nicht, woher Sie Ihre Informationen beziehen, es dürfte aber richtig sein, dass mir alle Anteile der *Elektromotoren-Stegel-GmbH* gehören. Über das operative Geschäft bin ich aber noch nicht besonders gut informiert. Meines Wissens haben wir aber keinerlei Liquiditätsprobleme und bei Bedarf auch ausreichend Kreditangebote unserer Banken. Unter Zeitdruck werde ich nicht verhandeln und betrachte damit unser Gespräch als beendet."

Mit den Worten: „Hoffentlich machen Sie jetzt keinen Fehler. Wenn Sie es sich anderes überlegen, hier sind meine Kontaktdaten." Damit überreichte er seine Visitenkarte, erhob sich, schritt zur Tür und sagte zum Abschied: „Auf Wiedersehen, grüßen Sie ihre Kinder und besonders die Enkeltochter."

Wolf-Dieter und seine Frau sowie die Polizisten kamen ins Wohnzimmer zurück.

Kommissarin Forstmann sagte: „Bogdanow muss ganz schön unter Druck stehen wegen der Übernahme der Firma. Es dürfte klar sein, dass er hinter der Entführung von Isabell steckt, das Angebot war ja eindeutig und die Drohung am Schluss unverhohlen. Wir werden ihn genau beobachten müssen."

Kommissar Nertier schaltete sich ein: „Ich habe an seinem Auto zwei Peilsender angebracht. Wenn wir Glück haben, fährt er zu dem Ort, an dem Isabell festgehalten wird."

Melanie Forstmann informierte noch ihren Chef über den Besuch von Bogdanow und bemerkte dann, dass man jetzt nur abwarten könne.

19.

Kriminalkommissarin Evi Hauser, eine dunkelblonde, etwa 1,70 m große junge Frau wirkte mit ihrem durchtrainierten Körper und etwas herben Gesichtszügen durchaus respekteinflößend. Froh, durch ihre Abordnung zur *Soko Kopf* dem manchmal recht frustrierenden Alltag in der Abteilung *Sexualdelikte* entkommen zu sein, war sie nach Höchst im Odenwald gefahren.

Sie hielt vor dem Pflegeheim *Ohne Sorgen alt im Odenwald* und wurde offensichtlich schon erwartet. Eine Pflegerin mittleren Alters, die in ihrer weinroten Arbeitskleidung schmuck aussah, kam ihr entgegen und sagte: „Ich bin Beate, Sie sind sicher die Kommissarin aus Darmstadt, wir haben telefoniert,"

Evi Hauser bestätigte dies, erklärte, warum sie mit der Mutter von Friedrich Stegel sprechen wolle und meinte, dass sie um die Demenz der alten Frau wisse. Sie sprach weiter: „Trotzdem möchte ich versuchen, ob Erinnerungen an die Geburt ihrer Kinder zutage kommen."

Die beiden Frauen gingen ins Haus, ein ansehnliches, zweigeschossiges Gebäude.

„Hier unten befindet sich der Speisesaal," erklärte die Pflegerin „und gegenüber ist die Abteilung für Demenzkranke. Oben sind über dem Speisesaal zwei Aufenthaltsräume und Ein- bzw. Zweibettzimmer für unsere Bewohner."

Evi Hauser und Beate gingen durch eine Glastür in den Krankenbereich, wo sich neben einem Personalzimmer ein kleiner Aufenthaltsraum und zehn Einzelzimmer befanden. „Diese Tür muss immer geschlossen bleiben," erklärte die Pflegerin, „weil manche unserer Patienten davonlaufen würden. Hier drin ist ein Zahlenschloss und die Kombination ist immer das gestrige Datum, heute also 2207. Frau Stegel bewohnt das Zimmer vier, ich bringe Sie hin."

Beate klopfte und die beiden Frauen traten ein.

„Hallo Frau Stegel, ich bringe Ihnen Besuch," sagte die Pflegerin.

Die recht kleine, 95-jährige Margarete Stegel sah in ihrem hellgrauen Kleid und mit gepflegten Haaren gut aus. Sie saß am Tisch spielte mit Puppen und sang mit einer schönen Stimme vor sich hin:
Für meine Kinder 1, 2, 3
ist jede Angst vor Krieg vorbei.
„Das Lied und die einfache Melodie hat sich Margarete selbst ausgedacht, sie singt es immer," erklärte die Pflegerin.

„Hallo, Frau Stegel, ich begrüße Sie," begann die Kommissarin die Unterhaltung,

Margarete Stegel sah auf und es entwickelte sich folgender Dialog:

„Bist Du die Frau von Friedrich?!

„Nein, ich bin Polizistin."

„Schade, Du gefällst mir.
Hilfst Du mir, meine Puppen ins Bett zu bringen?

„Ja, gern. Wie heißen die denn?

„Die heißen alle Friedrich."

„Gibt es denn keine Mädchen dabei?

„Nein, Friedrich ist doch ein Jungenname."

„Wie viele Puppen haben Sie denn?"

„Na, das siehst Du doch. Aber jetzt müssen wir leise sein, damit sie einschlafen und Du solltest besser gehen."

Frau Stegel setzte sich zu ihren Puppen aufs Bett und sang:
Für meine Kinder 1, 2, 3
ist jede Angst vor Krieg vorbei.

Evi Hauser und Pflegerin Beate verließen das Zimmer und dort sagte diese: „Mehr werden Sie wohl nicht erreichen. Margarete ist eine liebe Patientin und recht pflegeleicht. Im Gegensatz zu anderen Bewohnern dieser Abteilung, von denen manche laut und aggressiv werden und andere ständig davonlaufen wollen.

Aber mit Frau Stegel wird es auch immer schlechter. Vor einigen Wochen hat sie noch ihren Sohn erkannt, zuletzt aber nicht mehr. Er war aber auch länger nicht mehr hier."

„Er und auch sein Bruder werden auch nie mehr kommen, beide sind tot, deshalb bin ich hier," antwortete die Kommissarin.

„Es ist schlimm, wenn die Eltern ihre Kinder überleben," entgegnete Pflegerin Beate. „In diesem Fall ist es wohl gut, dass das Margarete nicht realisieren kann und in ihrer eigenen Welt lebt."

Hier stimmte die Kommissarin zu und die beiden Frauen verabschiedeten sich.

20.

Mittwoch, 23. Juli; auch 13:00 Uhr

Vor dem Gebäude der *Elektromotoren-Stegel-GmbH (EMS)* im Eppertshausener *Gewerbepark 45* hielten einige Fahrzeuge der *Regionalen Kriminalinspektion (RKI)* Darmstadt.

Hauptkommissar Lutz Waski und seine Kollegen gingen auf das Gebäude zu und sprachen den Pförtner an, der neugierig geworden, vor der Tür stand.

„Wir haben hier Durchsuchungsbeschlüsse für die Firma und die Wohnung von Herrn Stegel," erklärte der Kommissar und zeigte die entsprechenden Papiere.
„Ich werde zusammen mit zwei Kollegen in die Wohnung gehen und hoffe, Ilona Stegel ist oben anzutreffen.
Hauptkommissar Wohlfeld, der stellvertretender Leiter unserer Abteilung *Kriminaltechnik (KTU)*, wird sich mit einem Teil seiner Mannschaft die Räume der *EMS* vornehmen, aber natürlich vorher mit Ihrem Geschäftsführer sprechen. Melden Sie uns bitte an."

Zusammen mit HK Kerstin Dehmel, die das Gespräch mit Simon Wolf für den Abend terminiert hatte, sowie zwei Kollegen der *KTU* stieg HK Waski die Treppe hoch und klingelte an der Wohnungstür.

Ilona Stegel öffnete. Lutz Waski zeigte den Durchsuchungsbeschluss und meinte, dass man sich zunächst im Arbeitszimmer von Friedrich Stegel umsehen wolle, dann aber auch die übrigen Räume inspizieren müsse.

„Ich habe 14:00 Uhr einen Termin bei meinem Frauenarzt in Ober-Roden," erklärte Frau Stegel, „aber ich denke, dass Sie auch allein in der Wohnung sein können. Mein Bruder ist noch auf Arbeit."

Der Kommissar entgegnete und schmunzelte leicht: „Damit haben wir kein Problem und Sie können sicher sein, dass wir für alles, was wir eventuell mitnehmen, eine ordnungsgemäße Quittung ausstellen.
Eine Frage noch. „Haben Sie seit gestern Ihren (Schul)freund Gisbert getroffen oder wissen Sie inzwischen wenigstens, wo wir ihn finden können?"

Ilona Stegel verneinte beide Fragen. Dann verabschiedete sie sich und die Kriminalisten gingen ans Werk.

Indessen war HK Wohlfeld im Büro von Helge Reiter angelangt und erklärte, was er mit seinen Mannen vorhabe.

Der Geschäftsführer bat darum, den laufenden Betrieb so wenig wie möglich zu stören und bot an, den Lagerverwalter herbeizurufen.

Er selbst wolle die Führung in den Produktionshallen übernehmen und für die Büroräume würde die Chefsekretärin Frau Heimfeld zur Verfügung stehen.

HK Wohlfeld nickte und bildete drei Arbeitsgruppen. Er wollte die Arbeiten im Bürobereich leiten, eine zweite Truppe sollte mit Helge Reiter die Fertigungsräume inspizieren und die dritte Gruppe sich das Lager vornehmen.

Der Kommissar wandte sich dann an Frau Heimfeld: „Ich habe den Bericht zur Kenntnis genommen, den mein Kollege Waski von dem gestrigen Gespräch mit Ihnen angefertigt hat. Wir lassen das Arbeitszimmer von Friedrich Stegel und damit auch den Safe zunächst einmal außen vor und konzentrieren uns auf die Vorgänge des letzten Jahres, also Schriftverkehr, Rechnungen, Mahnungen, Bestellungen, Lieferscheine usw. Ich nehme an, das meiste davon wird elektronisch gespeichert sein. Wir werden uns deshalb auch die Computer gründlich ansehen müssen. Ich hoffe, dass wir das hier vor Ort erledigen können. Das Arbeitszimmer Ihres Chefs ist doch noch versiegelt?"

Frau Heimfeld bestätigte dies und bemerkte noch, dass die gesamte Buchhaltung ausgelagert ist und von einer Frankfurter Wirtschaftsberatungsgesellschaft erledigt wird.

Mit den Worten: „Dann wollen wir mal an die Arbeit gehen", folgten Wohlfeld und seine Kollegen der Sekretärin.

Die Polizisten wunderten sich und eine Kollegin brachte es auf den Punkt. „Wir haben gehört, dass Sie 400 Mitarbeiter haben, wo sind die denn alle?"

Der Geschäftsführer antwortete: „Erstens arbeiten wir im Zweischichtbetrieb und zweitens werden die wenigsten von ihnen in unserer vollautomatisierten Fertigung benötigt. Aber die Wareneingangskontrollen, die Endprüfung sowie Verpackung und Versand, meist liefern wir direkt an unsere Kunden, sind recht personalintensiv. Außerdem sind zahlreiche Mitarbeiter im Außendienst beschäftigt. Nun habe ich eine Frage: Was suchen Sie eigentlich?"

Die Antwort lautete: „In erster Linie nach allem, was mit dem Zwillingsbruder von Friedrich Stegel zusammenhängt, vor allem nach seinen sterblichen Überresten."

Der Lagerverwalter hatte den Dialog mitgehört und sagte zu den vier Mitarbeitern der *KTU*: „Ich zeige Ihnen gern unser Lager und auch alle Nebenräume, aber Sie können bestimmt nicht fündig werden. Alles, was im Lager passiert, läuft über unser Computersystem. Kommen Sie bitte mit."

Die Gruppe kam in ein modernes Hochregallager, wo, wie von Geisterhand gesteuert, Roboter Kollis unterschiedlicher Form und Größe irgendwo ablegten und andere abholten.

„Hier liegt nichts, was da nicht hingehört,"
behauptete der Lagerchef. „Sehen Sie sich
aber selbst um. Hinten links," er zeigte an das
Ende der langen Halle, „befindet sich der Wa-
reneingang und gegenüber ist die Versand-
abteilung. Und da gibt es auch die Kellerräu-
me, in denen viel unnützer Kram liegt."

Die Polizisten bedankten sich und gingen ans
Werk.

21.

Hauptkommissar Lutz Waski hatte die mit der Durchsuchung von Firma und Wohnung des toten Friedrich Stegel befassten Kollegen verlassen und war zurück ins Präsidium nach Darmstadt gefahren. Dort hatte er sich mit seinem Chef, Kriminalrat Torsten Haase beraten. Gemeinsam kamen die beiden zum großen Beratungsraum des K10, wo sich die Mitglieder der *Soko Kopf* und des Krisenstabes *Entführung Isabell Stegel* eingefunden hatten, so sie nicht durch aktuelle Ermittlungsarbeit verhindert waren.

Kriminalrat Haase gab einen Überblick zum Stand der Ermittlungen und stellte dann fest: „Die Entführung von Isabell Stegel und die Vorgänge um die Tötung der Brüder Stegel stehen in unmittelbaren Zusammenhang. Deshalb werden alle Untersuchungen von der *Soko* geführt. Lutz, Sie haben das Wort.“

HK Waski begann: „Bei der Entführung und auch im Todesfall Friedrich Stegel taucht immer der Name Boris Bogdanow auf. Hauptkommissar Schneider wollte sich um diesen Knaben kümmern. Ulli, was haben Sie herausgefunden?“

Dieser verwies zunächst darauf, dass man zu Bogdanow schon vor einem Jahr ermittelt habe und nannte folgende Fakten[13]:

Bogdanow wurde am 20.10.1987 in der Nähe von Pristina, das ist heute die Hauptstadt des Kosovo, geboren. 1999 kam er wegen des Balkankrieges mit seinen Eltern und seiner Schwester nach Deutschland. Alle haben inzwischen die deutsche Staatsbürgerschaft.

Er ist alleiniger Gesellschafter der *Frankfurt-Bogdanow-Consulting (FBOC-GmbH),* einer Firma, die sich mit der Vermittlung von Firmenübernahmen und ähnlichem befasst.

Die Geschäftsräume der FBOC, allerdings nur ein Arbeitszimmer und ein Büro mit einer Angestellten, befinden sich im Haus von Bogdanows Eltern. Dort wohnt Bogdanow auch noch als Single. Die Adresse lautet: Ludwig-Leber-Straße 17, 60386 Frankfurt-Fechenheim. Diese Angaben stimmen überein mit den Daten des Meldeamtes und dem Handelsregisterauszug für seine Firma.

Im Mordfall Carmen Seifert wurde er zunächst erfolglos gesucht, hat sich aber später selbst gemeldet. Ihm konnte keine Beteiligung an der Tat nachgewiesen werden.

Eine Steuerprüfung seiner Firma im vergangenen Jahr hat keine Unregelmäßigkeiten festgestellt.

---

[13] Siehe: Der Tote in Nachbars Garten, S133 ff, BoD 2024

Eine Anfrage bei den Frankfurter Kollegen hat ergeben, dass es eine Beschwerde über ihn gab, weil er Belästigungen von Mietern eines dreigeschossigen Wohnhauses angestiftet haben soll. Er hatte den Auftrag für die Entmietung dieses Hauses übernommen und ein Trupp von Jugendlichen ist dabei kriminell tätig geworden. Der Anführer soll Gisbert Habermann gewesen sein. Dieser hatte schon öfters für Bogdanow gearbeitet. Eine Handhabe gegen die beiden hatten die Frankfurter Kollegen aber nicht.

„Soweit die Ergebnisse unserer Recherchen," beendete Hauptkommissar Schneider seinen Bericht. „Ich denke, wir werden Herrn Bogdanow und auch diesen Gisbert Habermann im Auge behalten müssen."

Lutz Waski bedankte sich und sagte: „Diesen Habermann müssen wir möglichst rasch befragen. Bisher wissen wir nur, was mir Simon Wolf und vor allem seine Schwester Ilona Stegel über ihren Schulfreund erzählt haben. Außerdem war Ilona Stegel ab vergangenem Sonnabend drei Tage mit ihm in einem Wellnesshotel. Ihr Bruder hat übrigens angedeutet, dass Habermann auch bei uns aktenkundig sein könnte.
Kollegin Bernd wollte sich damit befassen. Giesela, was haben Sie herausgefunden?"

Noch bevor die so Gefragte antworten konnte, überschlugen sich die Ereignisse.

HK Kerstin Dehmel rief an und berichtete, dass man den Torso des Zwillingsbruders im Keller der Stegels gefunden habe.

Noch während sie Einzelheiten schildern wollte, kam ein Anruf von HK Melanie Forstmann. Diese teilte mit, dass sich die Entführer gemeldet haben und man das Gespräch aufgezeichnet hätte.

Kriminalrat Haase entschied: „Wir unterbrechen unsere Beratung. Lutz wird sich um den Fund in Eppertshausen kümmern, ich werde mich der Sache mit dem Anruf der Entführer annehmen. Welche von den anwesenden Kollegen noch unmittelbar gebraucht werden, entscheiden Lutz und ich, wenn wir einen ersten Überblick zur Sachlage haben."

Damit war die Beratung vorerst beendet.

22.

Hauptkommissar Lutz Waski saß an seinem Schreibtisch und hatte den Telefonhörer in der Hand. Am anderen Ende der Leitung war seine Kollegin Kerstin Dehmel und begann zu berichten über den Verlauf der Hausdurchsuchung bei Friedrich Stegel.

Sie sagte: „Wir haben zunächst den Wohn- und Schlafbereich von Friedrich Stegel und seiner Frau Ilona gründlich unter die Lupe genommen. Das waren das Arbeitszimmer des Hausherrn, Wohn- und Schlafzimmer sowie die Küche und zwei Bäder. Besonders intensiv haben sich die Kollegen den Bereich im Wohnzimmer angesehen, in dem Friedrich Stegel verstorben ist.

Natürlich gibt es überall eine Vielzahl von Fingerabdrücken und Materialien, denen DNA-Spuren anhaften können.

Um feststellen zu können, ob sich der Zwillingsbruder von Friedrich Stegel, also, wenn man Renate Stegel glaubt, der Fzwo, in der Wohnung aufgehalten hat, müssten umfangreiche Abgleiche mit den Wohnungsinhabern, mit Simon Wolf und Gisbert Habermann sowie weiteren möglichen Besuchern durchgeführt werden.

Dann haben sich die Kollegen die beiden Gästezimmer und das diesen zugeordnete Bad vorgenommen. In einem Gästezimmer war deutlich zu erkennen, dass es *bewohnt* war. Wir wissen ja, dass Silvo Wolf ein Dauergast war und wir haben auch Sachen gefunden, die ihm eindeutig zugeordnet werden können.

Das andere Gästezimmer machte einen unbenutzten Eindruck.

Beschäftig hat uns auch die Frage nach einer Reinigungskraft. Die Kollegen von der *KTU* waren der Ansicht, wenn es eine solche gegeben hatte, ist diese mit Sicherheit nach dem 14. Juli, also dem Tag, als Friedrich Stegel starb, nicht mehr tätig gewesen.

Es wurden aber in der ganzen Wohnung keinerlei Leichenspuren gefunden und auch keine, die beim Abtrennen des Kopfes hätten entstehen müssen.

Als nächstes haben wir uns dann dem Keller zugewandt – und jetzt wird es interessant.

In einem recht großen Kellerraum standen acht Kühltruhen unterschiedlicher Größe, die alle in Betrieb waren. Jede von ihnen war deutlich beschriftet. Die Aufschrift *EMS* verbunden mit einem aus Zahlen und Buchstaben bestehenden Code war auf fünf Truhen deutlich sichtbar angebracht. Auf Nachfrage wurde uns mitgeteilt, dass diese Chemikalien enthalten würden, die für die Produktion nötig seien.

Drei Truhen trugen die Aufschrift: STEGEL – PRIVAT. Bei diesen begannen die Untersuchungen. In der ersten Truhe befanden sich

Lebensmittel, im wesentlichen Fleisch, Wurst und Geflügel. Die zweite Truhe war gut gefüllt. Oben lagerten Brot und Gemüse, alles sorgfältig in Folie verpackt und oft auch zugeschweißt. Unten lag eine lange, ziemlich dicke, von weißer Folie umhüllte Rolle. Diese wurde vorsichtig herausgehoben und auf einen im Raum stehenden Tisch abgelegt. Dann ging man behutsam daran, Folie zu entfernen, um zu sehen, was da verpackt war.

Es war ein menschlicher Körper ohne Kopf.!

Obwohl natürlich die letzte Bestätigung durch die Rechtsmedizin noch aussteht, dürfte sicher sein, dass der gesuchte Leichnam des Zwillingsbruders von Friedrich Stegel gefunden wurde."

Erfreut reagierte Kommissar Waski: „Damit dürften unsere Ermittlungen einen guten Schritt vorangekommen sein. Jetzt sind unsere Kollegen von der Kriminaltechnik besonders gefragt."

Kommissarin Dehmel antwortete: „Das sehe ich genauso. Heinz[14] hat schon seine Kollegen, die bisher in den Räumen der Firma agiert haben, herbeizitiert. Sie werden hier alles

---

[14] Hauptkommissar Heinz Wohlfeld, stellv.Leiter der *KTU*

gründlich untersuchen. Den wieder gut verpackten Körper nehmen sie mit in unser Labor, damit die Folie sorgfältig auf Fingerabdrücke untersucht werden kann. Danach werden die sterblichen Überreste von Fzwo in die Gerichtsmedizin überführt.

„Das ist gut," lobte der Leiter der Soko „und Miriam soll sich dann gleich mit Dr. Bruns in Verbindung setzen. Zuvor scheint mir aber nötig, dass wir Ilona Stegel und ihren Bruder Simon Wolf vorläufig festnehmen. Sie gehören zum Kreis der Tatverdächtigen. Die Frau übernehmen Sie bitte, Ilona Stegel wollte zu ihrem Arzt nach Ober-Roden und das ist ja gleich nebenan bei Ihnen.

Simon Wolf wird auf Arbeit in dem Dieburger Supermarkt sein, dessen stellvertretender Leiter er ist. Ich schicke zwei Kollegen hin. Wir treffen uns dann nachher alle hier im Präsidium."

Miriam Fendt hatte den Auftrag, das Institut für Rechtmedizin zu informieren und rief in Frankfurt bei Dr. Bruns an.

Der meldete sich. „Hallo Heiko", sagte Miriam, „wir haben den Rumpf vom Zwillingsbruder gefunden. Er lag in einer Kühltruhe bei Stegels im Keller. Die Kollegen unserer *KTU* untersuchen gerade die Verpackung, dann bekommst Du ihn."

„Na endlich" lautete die Antwort „bekomme ich den ganzen Menschen auf den Tisch. Ich werde mich beeilen, um Euch Vorzugskunden zufrieden zu stellen.

Übrigens, wann können wir uns treffen? Ich schlage vor, am Freitag bei mir"

„Ist okay," antwortete Miriam, freute sich, sagte tschüs und legte auf.

23.

Kriminalrat Torsten Haase rief seine Mitarbeiterin Melanie Forstmann an und wollte wissen, wie der Anruf der Entführer von Isabell Stegel verlaufen war.

Die Hauptkommissarin berichtete, dass es genau 16:07 Uhr war, als der Anruf kam und Renate Stegel ihn annahm.

Selbstverständlich wurde sofort aufgezeichnet, die Aufnahme wird Ihnen gleich überspielt werden.

Das Wichtigste vorweg:

Eine Frauenstimme sagte: „Frau Stegel, wollen Sie zahlen und haben Sie das Geld? Sonst können wir Ihre Enkelin nicht freilassen."

Gut instruiert antwortete die Gefragte: „Wir müssen sicher sein, erstens, dass Sie meine Enkelin tatsächlich in Ihrer Gewalt haben, und zweitens, dass sie am Leben ist. Ich möchte mit Isabell sprechen."

Es dauerte einige Zeit, dann war Isabell zu hören. „Oma, die haben mich hier eingesperrt und die Augen verbunden. Aber sonst werde ich gut behandelt. Denkt an *Paters* Geburtstag am 24."

Dann hörte man, wie ihr der Hörer weggenommen wurde und eine Männerstimme sagte: „Schluss jetzt!"

Dann redete wieder die Frau: „Also, zahlen Sie?"

Renate Stegel hat dann gesagt, dass man zahlen wolle und auch schon einen Teil der verlangten Summe aufgetrieben habe. Sie setzte fort: „Es ist für uns nicht leicht, die verlangten neunhunderttausend Euro in bar bis heute Abend zu haben. Können Sie sich nicht mit achthunderttausend zufriedengeben?"

Die Männerstimme antwortete: „Wir handeln nicht. Entweder Sie zahlen die verlangte Summe oder Ihre Enkelin stirbt. Sie hören von uns."
Dann wurde aufgelegt.

Torsten Haase wollte danach von dem Kriminaltechniker Kommissar Nertier wissen,
ob man den Ort, von dem der Anruf kam, bestimmen könne.
Dieser antwortete: „Das Gespräch hatte zum Glück eine ausreichende Länge, die Kollegen in der Zentrale sind dran."

Aufgeregt meldete sich Isabells Mutter, Ariane Stegel, zu Wort: „Ich habe die ganze Zeit überlegt, was der Satz: *Denkt an Paters Geburtstag am 24* soll. Wir kennen keinen Pater, Peter oder Vater, der an einem 24. Geburtstag hat – aber – am 24. Mai hatten wir eine Radtour zum Hofgut Patershausen bei Heusenstamm unternommen. Vielleicht befindet sich Isabell dort irgendwo in der Nähe."

Dieser Hinweis könnte wichtig sein, meinte der Kriminalrat. „Wir werden in der Zentrale unserer *KTU* alle Informationen bündeln, wenn wir Glück haben, finden wir den Ort, wo Isabell von ihren Entführern gefangen gehalten wird.

Sollte uns dies nicht gelingen, besteht die Chance bei der Lösegeldübergabe zuzuschlagen.

Die Eltern von Isabell und ihre Oma muss ich weiter um Geduld bitten, ich weiß, wie schwer das ist. Ich bin aber voll überzeugt, dass wir das Ganze zu einem guten Ende bringen werden."

24.

Mittwoch, 23. Juli; 17:30 Uhr

Im Darmstädter Polizeipräsidium waren im großen Beratungsraum des Kommissariats K10 nahezu alle Mitglieder der *Soko Kopf* versammelt.

Hauptkommissar Lutz Waski fasste kurz zusammen, was die bisherigen Ermittlungen ergeben hatten und sagte dann: „Simon Wolf wurde an seiner Arbeitsstelle angetroffen. Oberkommissar Ali Durmaz war, nachdem er nochmals mit Helge Reiter gesprochen hatte – über das Ergebnis reden wir später – mit zwei Kollegen der Schutzpolizei zu dem Dieburger Supermarkt gefahren, dessen stellvertretender Leiter Silvo Wolf ist. Ali hat ihm vorgehalten, dass er beschuldigt wird, an der Tötung von Friedrich Stegel und dessen Zwillingsbruders aktiv beteiligt gewesen zu sein. Deshalb wurde er vorläufig festgenommen. Wolf wurde über seine Rechte belehrt und hat keinerlei Widerstand geleistet. Im Gegenteil, Kollege Durmaz glaubt, eine gewisse Erleichterung erkannt zu haben. Simon Wolf sitzt bei uns im Gewahrsam, wir werden uns morgen früh mit ihm befassen.

Um die zweite Beschuldigte, Ilona Stegel, wollte sich Hauptkommissarin Dehmel kümmern. Kerstin was haben Sie erreicht?"

Diese antwortete: „Leider konnten wir Frau Stegel nicht festnehmen. Sie hatte bei Beginn der Hausdurchsuchung angegeben, einen Termin bei ihrem Frauenarzt in Ober-Roden zu haben.   Das war gelogen!

In Ober-Roden gibt es zwei Frauenärzte. Bei einem war sie völlig unbekannt, bei dem anderen aber Patientin. Man versicherte uns allerdings glaubwürdig, dass Ilona Stegel vor zwei Monaten das letzte Mal in der Sprechstunde gewesen sei. Aktuell hatte sie weder einen Termin noch wurde sie in der Praxis gesehen.

Frau Stegel hat sicher begriffen, dass bei der Durchsuchung der Körper von Fzwo gefunden wird, und ist untergetaucht.

Sie ist zur Fahndung ausgeschrieben."

„Gefahndet wird auch nach Gisbert Habermann," warf Hauptkommissar Kurt Kunze ein. „Unsere Recherchen zu diesem Knaben haben Folgendes ergeben:"

Bevor er weiterreden konnte, stürmte Daniel Goebel in den Raum und Kurt Kunze konnte seine Informationen wieder nicht an den Mann bringen.

Hauptkommissar Goebel, der Leiter der KTU, rief erfreut: „Kollegen, wir kennen den Ort, an dem die Entführer Isabell Stegel gefangen halten." Dann legte er dar:

Der in ihrem Fahrrad eingebaute Sender lieferte folgende Koordinaten:

50° 02' 12.6'' N: 8° 49' 5.32'' O.

Der Peilsender, den Guy[15] am Auto von Bogdanow angebracht hat, zeigt, dass dieses in der Nähe steht. Auch der Funkmast, über den der letzte Anruf der Entführer kam, befindet sich in unmittelbarer Umgebung.

Die Koordinaten zeigen einen Punkt im Wald nordwestlich vom Hofgut Patershausen. Wir nehmen an, das es dort ein Jagdhaus oder eine Blockhütte gibt.

Zu Patershausen finden sich interessante Angaben bei WIKIPEDIA:

Patershausen ist heute ein Hofgut und war ehemals ein Benediktiner-, später Zisterzienserinnenkloster in der Gemarkung Heusenstamm (Hessen). Es liegt zwischen Heusenstamm und Dietzenbach, am rechten Ufer der Bieber.

Die Gründung eines ersten Klosters in karolingischer Zeit wird behauptet, ist aber nicht zu belegen. Die älteste Erwähnung der Kirche der Jungfrau Maria zu Patershausen stammt aus einem Verzeichnis von Schenkungen aus dem Ende des 12. und Anfang des 13. Jahrhunderts. Eine benediktinische Gründung durch Kuno I. von Hagen-Münzenberg in der zweiten Hälfte des 12. Jahrhunderts scheint diese Urkunde ebenfalls zu belegen. Dieses erste Kloster wurde aber in der ersten Hälfte des 13. Jahrhunderts bereits wieder aufgegeben.

---

[15] Kommissar Guy Nertier; IT Spezialist der *KTU*

Daniel Goebel redete weiter: „Ich denke, wir sollten eine Drohne einsetzen, um ein Bild aus der Luft von den Gegebenheiten zu erhalten. Aber das Gebiet liegt im Bereich der Offenbacher Kollegen."

Kriminalrat Torsten Haase ergriff die Initiative: „Ich werde sofort mit Kriminalrätin Elvira Taubitz sprechen, die das Polizeipräsidium Südosthessen leitet. Bei ihrem ersten Fall, Kollege Waski, hatten Sie mit ihr zu tun[16]. Ich denke, wir werden die Unterstützung der Offenbacher Kollegen nicht benötigen. Ein *SEK*[17] der Bereitschaftspolizei sollten wir aber einbeziehen. Lutz entwickeln Sie schon einmal einen Einsatzplan und dann sollten wir keine Zeit verlieren.

Es vergingen ein paar Minuten, in denen Kriminalrat Haase mit seiner Kollegin vom Polizeipräsidium Südhessen telefonierte und Hauptkommissar Goebel den Einsatz einer Drohne organisierte.

Wenig später war klar, dass die Offenbacher Polizisten die ganze Aktion der *RKI* Darmstadt überlassen wollen.

Lutz Waski hatte sich inzwischen das Gebiet um das Hofgut Patershausen auf *Google Earth* im Internet angesehen und Daniel Goebel die

---

[16] Siehe: Die tote im Abteiwald; BoD 2019
[17] Sondereinsatzkommando

entsprechenden polizeiinternen Informationen bereitgestellt.

Nach Absprache mit Kriminalrat Haase wurde Hauptkommissar Waski die Leitung des Einsatzes übertragen. Dieser bestimmte, dass von der *Soko Kopf* Uli Schneider, Miriam Fendt und Evi Hauser teilnehmen sollen. Dann bat er Daniel Goebel, zwei seiner Kollegen zu bestimmen, die mit zum Team gehören sollen. Außerdem wollte man eine Ärztin und einen Sanitäter mitnehmen und vom SEK 10 Beamte anfordern.

Als Treffpunkt wurde das Hofgut Patershausen bestimmt. Dort sollen sich alle um 20:00 Uhr einfinden. Dabei sei unnötiges Aufsehen zu vermeiden, was die Benutzung ziviler Fahrzeuge impliziert.

Kriminalrat Haase hatte diese Entscheidungen von Lutz Waski verfolgt und gebilligt und wünschte viel Erfolg.

25.

In einer mitten im Wald gelegenen einfachen, aus zwei Räumen bestehenden Blockhütte nordwestlich vom Hofgut Patershausen unterhielten sich vier Personen.

Es waren dies Boris Bogdanow, Gisbert Habermann, genannt Gisi, und zwei Komplizen von diesem, eine etwa zwanzigjährige Frau, die Raffi gerufen wurde, und ein gleichaltriger Syrer namens Farid.

Gisi sagte zu Bogdanow: „Boris, das ganze Unternehmen hier ist ein Schuss in den Ofen. Die Stegel treibt das Geld auf und Deine Idee, sie würde es bei Dir leihen und dafür einen Vertrag über den Verkauf von *EMS* unterschreiben, taugt genauso wenig, wie Deine vorherigen Versuche, den Deal über die Bühne zu bringen."

„Naja," antwortete Boris. „Immerhin war Ilona, die Frau von Friedrich Stegel, sehr dafür, die angebotenen 120 Millionen einzustreichen Als dann ihr Mann sagte: *Nur über meine Leiche*, haben wir doch beide gedacht: Das kann er haben!

Wie sich die Dinge dann entwickelt haben und dass Deine schöne Ilona keinerlei Anteil an der Firma erben würde, konnte zum damaligen Zeitpunkt keiner ahnen."

„Du hast ja recht," lenkte Gisi ein. „Aber wie bringen wir die Sache hier zu Ende? Neuhunderttausend Euro sind doch auch kein Pappenstiel. Hast Du eine Idee, wie wir die Geldübergabe organisieren können, ohne dass man uns auf die Schliche kommt? Ich glaube übrigens, Renate Stegel und ihre Kinder haben sich an unsere Forderung gehalten und die Polizei nicht eingeschaltet. Aber sicher können wir natürlich nicht sein."

„Hoffentlich hast Du recht. Ich denke mir Folgendes: Der Vater unserer Geisel soll das Lösegeld in einen schwarzen Reisekoffer verstauen und sich damit zehn Minuten vor Abfahrt des Zuges nach Aschaffenburg im Bahnhof Dieburg auf eine Bank setzen. Einer von uns setzt sich mit einem leeren schwarzen Reisekoffer daneben. Wenn der Zug kommt, werden beide Koffer vertauscht.

Sobald wir das Geld haben, rufen wir an und sagen, wo sich Ilona befindet. Raffi und Farid bleiben hier und wenn wir anrufen, schlagen sie sich in die Büsche."

„Wie geht es eigentlich unserer Gefangenen?" wollte Gisi wissen. „Raffi soll einmal nachsehen, ich habe nicht die Absicht, dem Mädchen in irgendeiner Form Gewalt anzutun."

Raffi hatte sich eine Kapuze übergezogen und war in den Nebenraum gegangen. Nach einem kurzen Moment kam sie zurück und sagte: „Isabell Stegel sitzt am Tisch und spielt mit ihren Fingern. Die Stahlfesseln an den Beinen sitzen noch fest und sind mit bloßen Händen auch nicht zu lösen. Mich hat sie keines Blickes gewürdigt und gesprochen hat sie kein Wort."

„Na gut," meinte Boris. „Wir warten noch zwanzig Minuten und rufen dann in Groß-Umstadt an und erklären das weitere Vorgehen. Isabells Vater sollte auf dem Dieburger Bahnsteig 10 Minuten vor Abfahrt des Zuges sein, der 22:49 Uhr nach Aschaffenburg fährt."

Den vier Entführern gefiel der Plan und die beiden jungen Leute waren in Gedanken schon dabei, das viele Geld auszugeben, das sie bald haben würden.

Südlich vom Hofgut Patershausen hatte Hauptkommissar Waski am Waldrand den Einsatztrupp versammelt. Die Fahrzeuge standen gut getarnt im Wald. Der Kommissar verteilte Blätter, auf denen das Hofgut und die Blockhütte eingezeichnet waren und traf folgende Anordnungen:

– Die Beamten des SEK begeben sich zur Blockhütte, nicht über die Lichtungen, sondern queer durch den Wald. Sie umstellen das Gebäude im gebührenden Abstand, damit man sie nicht bemerkt. Aber sie müssen dafür sorgen, dass niemand aus dem Haus entkommen kann.

– Wir anderen folgen zunächst den Kollegen durch den Wald und halten uns dann in der Nähe der Eingangstür versteckt, wobei zwei Kollegen des SEK bei uns bleiben.

– Diese beiden sowie Hauptkommissar Schneider und ich versuchen, ungesehen neben die Eingangstür zu gelangen.

– Evi Hauser und Miriam Fendt tarnen sich als Spaziergänger und klopfen an die Tür. Sie erklären, sich verlaufen zu haben und bitten um einen Schluck Wasser. Wenn die Tür geöffnet wird, dringen sie ein und wir vier auch. Kommissarin Hauser hat die Aufgabe, sofort nach Isabell Stegel zu suchen und Sorge zu tragen, dass ihr nichts passiert.

HK Waski legte fest: Es ist jetzt 20:28 Uhr, die Aktion beginnt 20:45 Uhr.

Dann ging alles ganz schnell.

Evi Hauser klopfte, Raffi öffnete die Tür einen Spalt. Miriam Fendt sagte ihren Spruch. Raffi trat einen Schritt zurück und schon waren die sechs Polizisten im Raum.

Die beiden Hauptkommissare hatten ihre Pistolen gezogen und riefen nahezu gleichzeitig:

Polizei! Hände hoch und an die Wand!

Sekundenbruchteile später standen Bogdanow, Raffi und Farid mit erhobenen Händen an der Wand und wurden von den beiden SEK-Beamten auf Waffen durchsucht. Dann legte man ihnen Handschellen an.

Evi Hauser und Miriam Fendt waren sofort in den Nebenraum geeilt, wo ihnen Isabell Stegel ängstlich entgegensah. Ihre Gesichtszüge entspannten sich aber deutlich, als sie auf den Jacken der beiden Frauen das Wort *Polizei* erkannt hatte.

„Wir sind Polizistinnen," eröffnete Evi Hauser das Gespräch. „Der Spuk Ihrer Entführung ist vorbei. Die Täter werden soeben festgenommen."

„Nicht alle," entgegnete Isabell. „Als vorn an der Tür gesprochen wurde, ist ein junger Mann durch diesen Raum hier gestürzt und aus dem Fenster gesprungen."

„Den kriegen wir auch noch," äußerte sich zuversichtlich Miriam Fendt. „Jetzt komm erst einmal bitte mit nach vorn, dann sehen wir weiter. Mein Chef hat sicher schon Deine Eltern angerufen und sie über den glücklichen Ausgang der Geschichte informiert. Du kannst aber gleich selbst mit ihnen sprechen."

Isabell antwortete: „Dazu müssen aber erst die blöden Fesseln ab, mit denen meine Beine an den Tisch, der sich keinen Millimeter verrücken lässt, fixiert sind."

Es bedurfte der Mithilfe eines der beiden Kriminaltechnikers, bevor Isabell frei war. Sie bat einen Moment im Raum allein gelassen zu werden, weil sie den für die Verrichtung der Notdurft in der Ecke stehenden Eimer benutzen musste.

Es kam dann noch die Ärztin ins Zimmer, sprach kurz mit Isabell und untersuchte sie flüchtig. Sie konnte keinerlei physische Schäden feststellen und hat sich, zusammen mit dem Rettungssanitäter, verabschiedet.

Schließlich waren die drei Frauen auch mit im vorderen Raum. Dort hatte sich Hauptkommissar Waski zunächst an Boris Bogdanow gewandt und ihm mehrere schwere Straftaten, Entführung, Beteiligung an der Ermordung von Friedrich Stegel und Erpressung vorgeworfen und ihn über seine Rechte belehrt.

Bogdanow hatte erklärt, von seinem Recht Gebrauch machen zu wollen, jegliche Aussage zu verweigern. Er blieb auch stur dabei, als er gefragt wurde, ob es sich bei dem flüchtigen vierten Täter um Gisbert Habermann gehandelt habe.

Auch seine beiden Handlanger verweigerten die Aussage.

Daraufhin erklärte Hauptkommissar Waski, dass alle drei vorläufig festgenommen und am nächsten Morgen verhört würden. Danach werde ein Haftrichter über ihr weiteres Schicksal entscheiden.

Nachdem ein letzter Versuch, sie zum Reden zu bringen gescheitert war, wurden sie abgeführt.

Bevor Kommissar Waski den Einsatz beendete, bat er alle Beteiligten, sich vor der Blockhütte zu versammeln. Der Raum im Inneren war dafür zu klein.

Er bedankte sich bei allen Kollegen für ihr engagiertes Mitwirken bei der erfolgreichen und – im nachhinein recht unkomplizierten – Befreiung von Isabell Stegel. Allerdings wollte er auch geklärt wissen, wieso einer der Entführer, vermutlich Gisbert Habermann, entwischen konnte.

Die mit der Beobachtung des Hauses beauftragten Beamten des SEK versicherten, dass bis zu dem Zeitpunkt, zu dem man die Verdächtigen festgenommen habe, niemand das Gebäude verlassen hat.

Die Erklärung, weshalb der vierte Täter (vermutlich Gisi) entkommen konnte, erschien im Nachhinein ziemlich simpel.

Gisi ist aus dem Fenster gesprungen, aber nicht davongerannt, sondern eng am Haus stehen geblieben.

Erst als alle Aufmerksamkeit auf das Geschehen in der Blockhütte gerichtet war, ist er klammheimlich davongeschlichen.

Diese Theorie wurde bestätigt, durch die Aussage der Kriminaltechniker, die neben dem Fluchtfenster Fußabdrücke sichern konnten, die davon zeugen, dass dort eine Person längere Zeit gestanden hat.

Kommissar Waski entschied, dass es wenig Zweck habe, eine Verfolgung des Flüchtigen aufzunehmen. Dieser könne sich nach Dietzenbach oder Heusenstamm durchgeschlagen haben, wo Bus- und Bahnanschlüsse bestehen. Er könnte auch ein Fahrzeug, Auto oder Fahrrad, entwendet haben und damit über alle Berge sein.

Schließlich bat er Evi Hauser und Miriam Fendt das Opfer der Entführung, Isabell Stegel, die sich sehr tapfer gehalten hatte nach Hause zu fahren und dort ihren Bericht über die Entführung entgegenzunehmen. Vorher hatte er die junge Frau noch sehr gelobt, für den versteckten Hinweis auf ihren Aufenthaltsort.

Dazu sagte Isabell: „Wir hatten vor kurzem, am 24. Mai, eine Radtour zum Hofgut Patershausen unternommen. Als dann der Kombi, in den man mich gezerrt hatte, über Waldwege rumpelte, ist die Augenbinde verrutscht und ich konnte sehen, dass wir an dem Hofgut vorbeifuhren. Dann habe ich überlegt, wie ich die Information übermitteln könnte und mir ist der fiktive Geburtstag eingefallen."

„Das war sehr clever von Ihnen," bekräftigte Kommissar Waski sein Lob. „Ihre Angaben stimmten überein mit den Daten, die wir erhalten hatten vom Peilsender an Ihrem Fahrrad sowie von einem Sender, den wir am Auto von Bogdanow angebracht hatten. So konnten wir Sie schnell finden und befreien."

Danach legte Lutz Waski fest, dass sich die Mitglieder der *Soko Kopf* am nächsten Morgen um 9:00 Uhr im Präsidium treffen und beendete den Einsatz.

Zum Schluss rief er seinen Chef, Kriminalrat Haase, an und berichtete von dem erfolgreichen Einsatz, vergaß aber nicht, die Panne zu erwähnen, dass einer der Täter entkommen war.
Dann war für ihn auch erst einmal Feierabend.

26.

Die Fahrt vom Hofgut Patershausen nach Groß-Umstadt dauerte keine halbe Stunde. Kommissarin Hauser steuerte den Dienstwagen und im Fond saßen Miriam Fendt und Isabell Stegel still nebeneinander. Von dieser war die Anspannung der letzten Stunden abgefallen und die Müdigkeit drohte, sie zu übermannen. Kurz vor dem Ziel fielen ihr die Augen endgültig zu und Isabell schreckte erst auf, als das Auto vor ihrem Elternaus hielt.

Die Eltern und Oma Renate hatten schon sehnsüchtig auf diesen Moment gewartet, kamen aus der Tür und liefen zum Auto, wo sie Isabell, die kaum Zeit fand, auszusteigen, in die Arme nahmen, herzten und sie drückten. Ihre Mutter brachte die Gefühle aller auf den Punkt: „Mädchen, meine Kleine, wir sind ja so unsagbar glücklich, dass wir Dich unbeschadet wiederhaben."

Die beiden Polizistinnen hatten sich dezent zurückgehalten, gingen dann aber gemeinsam mit allen anderen ins Haus.

Im Wohnzimmer war der Tisch gedeckt. Es gab mit Schinken, Wurst und Käse belegte Brote und in Schälchen lagen Gewürzgurken, Tomaten, Radieschen und Oliven. An Getränken hatte Oma Renate Cola, Apfelsaft, Wasser und Köstritzer Schwarzbier, das Isabell gern trank, bereitgestellt.

Man nahm Platz und Isabell sagte: „Man hat mir zwar ein paar trockene Stückchen Zwieback und Wasser gegeben, aber ich habe doch ziemlichen Hunger."
Sie langte zu.

Indessen berichteten Evi Hauser und Miriam Fendt abwechselnd, wie es gelungen war, den Aufenthaltsort von Isabell zu finden und wie man dann die Befreiung bewerkstelligt hatte.
„Das Ganze verlief wie geplant und ohne Komplikationen," sagte Miriam. „Leider ist aber einer der Entführer entkommen. Die Fahndung nach ihm läuft auf Hochtouren."

Inzwischen hatte Isabell ihren ersten Hunger gestillt und schilderte ausführlich das ganze Geschehen aus ihrer Sicht: „Ich bin heute früh um halb neun mit dem Fahrrad losgefahren und hatte meine Badesachen dabei. Ich wollte zu Marita, das ist meine Freundin, die in Semd wohnt. Wir wollten einen schönen Ferientag in dem neuen Dieburger Freibad erleben.

An der Einmündung meiner Straße auf die B 45 gibt es eine Ampel, die stand auf Rot. Ich hielt am Straßenrand und neben mir ein dunkelblauer Kombi. Aus dem sprangen zwei maskierte Männer, packten mich und ehe ich begriffen hatte, was los ist, lag ich im Laderaum des Kombis. Mein Fahrrad hat man mir hinterhergeworfen, es landete unsanft auf meinem Körper, zum Glück ohne mich zu verletzen.

Das Ganze hat keine Minute gedauert.

Die beiden Männer stiegen auch ein und das Auto fuhr los. Dann hat man mich an Händen und Füssen gefesselt und mir eine Augenbinde verpasst. Einer der beiden sagte dann: *Isabell* – woher kennt der meinen Namen, habe ich gedacht – *wenn du keine Zicken machst und deine Oma richtig reagiert, bist du in ein paar Stunden frei. Wir werden dir nichts tun, aber einsperren, bis deine Oma das Richtige tut.*

Ich wurde dann in den Raum gebracht, aus dem sie mich befreit haben, und mit den Füssen an einen Tisch gefesselt, der wohl im Boden verschraubt war. Ich konnte ihn nicht verrücken. Die Handfesseln und die Augenbinde wurden mir abgenommen, ich habe von den Tätern, meiner Meinung nach waren es zwei Männer und eine Frau, nur diese zu Gesicht bekommen. Allerdings war sie immer maskiert.

Und dann wurde es langweilig.

Ich habe mich mit Zahlen beschäftigt – mein Hobby – und mir die Primzahlen bis 1000 ausgerechnet. Dann fiel mir die Geschichte von FERMAT ein und dem Preis für die Lösung eines jahrtausendalten Problems. Und dann habe ich überlegt, wie ich die Information nach draußen geben könnte, dass mein

Gefängnis beim Hofgut Patershausen liegen muss. Das hatte ich nämlich bei der Anfahrt erkannt. Na, das hat ja geklappt.
Und nach langem Warten habt ihr mich dann endlich befreit."

Die Eltern von Isabell und ihre Oma, besonders aber die beiden Polizistinnen waren beeindruckt, wie gut das Mädchen das Ganze gemeistert hatte.

Kommissarin Hauser fasste das in Worte: „Isabell, wir finden es großartig, wie Sie reagiert haben. Sie sind nicht in Panik verfallen, wie so viele in ähnlicher Lage, sondern haben ruhig und besonnen gehandelt. Meine Hochachtung!
Wir werden uns in den nächsten Tagen noch einmal bei Ihnen melden, weil auch das Protokoll unterschrieben werden muss. Wir haben Ihre Aussagen zwar hier gespeichert, aber noch verlangt der Amtsschimmel auch das Ganze auf Papier.

Wir wünschen Ihnen noch ein paar unbeschwerte Ferientage und verabschieden uns von Ihnen allen."

27.

An dem kleinen runden Tisch im Arbeitszimmer von Kriminalrat Torsten Haase saß er
mit Hauptkommissar Lutz Waski bei einer
Tasse Kaffee, den die Sekretärin Frau Schreiber eben frischgebrüht gebracht hatte.

Lutz erstattete Bericht und konstatierte: „Wir
sind gestern ein gutes Stück vorangekommen.
Erstens wurde der Körper zu dem Kopf, mit
dessen Fund das Ganze begann, gefunden.
Simon Wolf, der Bruder von Ilona Stegel, ist
dringend verdächtig, in die Tötung der Stegel-
Zwillinge verwickelt zu sein. Wir haben ihn in
Gewahrsam.

Zweitens konnte die Entführung von Isabell
Stegel relativ rasch beendet werden, ohne dass
Personen zu Schaden kamen.
Der vermutliche Drahtzieher dieser Geschich-
te, Boris Bogdanow, und zwei seiner Handlan-
ger sitzen ebenfalls hinter Schloss und Riegel.

Soweit die positive Seite.

Negativ fällt ins Gewicht, dass wir Gisbert
Habermann noch immer nicht gefunden haben
und dass uns auch Ilona Stegel entkommen ist.
Von dieser Frau haben wir uns gründlich täuschen lassen, als sie die Witwe spielte, die
ihren Mann erlöst hat. Und auch ihre dreiste
Behauptung von dem Arzttermin haben wir

ohne Prüfung geglaubt, was sie genutzt hat, um unterzutauchen.

Nach ihr wird selbstverständlich genauso intensiv gefahndet wie nach ihrem sogenannten Schulfreund."

Kommissar Waski machte eine Pause und griff zur Kaffeetasse.

„Lutz," nahm Torsten Haas das Wort: „Machen Sie sich bitte keine Vorwürfe. Die *Soko Kopf* hat eine gute Arbeit geleistet. Natürlich sind Pannen ärgerlich, aber in der Polizeiarbeit – und hier spreche ich aus langjähriger Erfahrung – nicht immer vermeidbar. Wir werden die beiden Gesuchten über kurz oder lang fassen.

Wie denken Sie sich das weitere Vorgehen?"

Kommissar Waski antwortete:

Die *Soko* trifft sich gleich, um 9:00 Uhr, hier nebenan im Beratungsraum. Ich hoffe, alle zehn Kollegen ausgeruht begrüßen zu können. Nur Kommissar Kleinert wird fehlen, er ist noch auf der Rückfahrt von Bregenz.

Zuerst will ich einen kurzen Überblick zum Stand der Ermittlungen geben und dann sollte Hauptkommissar Kunze zu Wort kommen. Kurt wollte uns schon zweimal informieren über das, was er zu Gisbert Habermann herausgefunden hat. Jedes Mal kam etwas dazwischen. Jetzt wird aber sein Bericht besonders wichtig, denn ich halte Habermann für dringend tatverdächtig.

Dann sollten wir uns noch kurz anhören, was Evi Hauser im Altersheim erfahren hat und wie das Gespräch zwischen Ali Durmaz und Helge Reiter verlaufen ist.

Nachdem wir die Berichte gehört haben, werden die festgenommenen Personen vernommmen.

Das Verhör von Simon Wolf werde ich selbst führen. Miriam Fendt mag mir assistieren.

Mit Boris Bogdanow sollen sich Uli Schneider und Melanie Forstmann befassen.

Die beiden Handlanger, eine Frau und ein Mann, sollen durch Gisela Bernd und Evi Hauser befragt werde, selbstverständlich getrennt.

Die Resultate der Verhöre werden wir zur Kenntnis nehmen bei unserer nächsten Zusammenkunft, die für 12:00 Uhr angesetzt wird.

Danach könnte die *Soko* aufgelöst werden, mit der Maßgabe, dass auf einzelne Mitglieder zurückgegriffen werden kann, falls sich dies bei den weiteren Ermittlungen als nötig erweist."

Lutz hatte seine lange Rede beendet, die Zustimmung seines Chefs erhalten und begab sich alsdann in den großen Beratungsraum des Kommissariats K10.

Es war genau 9:00 Uhr.

Hauptkommissar Lutz Waski begrüßte die Mitglieder der *Soko Kopf* und gab einen Überblick zum Stand der Ermittlungen.

Dann sagte er an Hauptkommissar Kunze gewandt: „Kurt, jetzt ist endlich Zeit, dass Sie uns die Ergebnisse Ihrer Recherchen zu Gisbert Habermann mitteilen können. Wir sind schon sehr gespannt."

„Zu Gisbert Habermann hatten wir zunächst nur die Informationen, die uns seine Freundin Ilona Stegel bzw. ihr Bruder geliefert haben," begann der Kommissar seine Ausführungen.
Er setzte fort: „Dann habe ich mir zu Habermann alles angesehen, was bei uns aktenkundig ist. Von den Personen aus seinem früheren Umfeld konnte ich bisher nur seinen ehemaligen Mathelehrer befragen. Er hatte Habermann die letzten fünf Jahre vor dem Abitur unterrichtet, zunächst in Mathematik und Physik und dann im Leistungskurs Mathematik. Er konnte sich noch sehr gut an den Jungen erinnern und seine Einschätzung deckt sich voll mit dem, was Ilona Stegel über ihn gesagt hat. In Stichworten: Sehr gut aussehend; Gepflegt; Hochintelligent; Musisch sehr begabt; Absolut egozentrisch; Unfähig, sich in andere hineinzuversetzen; Rücksichtslos (brutal) bei der

Durchsetzung eigener Interessen; Bindungsängste.

Sein Lehrer meinte noch, dass er bei seinen Mitschülern nicht beliebt war, aber wegen seiner guten Leistungen in allen Fächern geachtet und wegen seiner oftmals harten Attacken aus nichtigen Anlässen gefürchtet wurde.

Die Mädchen hätten ihn alle angehimmelt und nicht nur eine hat sicher ihre *Unschuld* (wie das so blöd heißt) bei ihm verloren."

Hauptkommissar Kurt Kunze nannte dann zu Habermann folgende Fakten:

Geboren 1980 in Offenbach. Seine Mutter stammte von dort, der Vater war Rumäne und hat Frau und Kind verlassen, als der Junge sieben Jahre alt war. Er blieb Einzelkind, die Mutter starb, als Habermann 17 Jahre alt war.

Er hat sich aber mit Unterstützung von Verwandten und Freunden gut durchgeschlagen und 2000 ein sehr gutes Abitur (Note 1,3) bestanden.

Danach ist er um die Welt gezogen, es gibt keine Spuren von ihm.

Erstmals ist er dann 2007 in Deutschland mit dem Gesetz in Konflikt geraten. Er war Mitglied einer im Ruhrgebiet operierenden Gang, die in großem Stil Autos gestohlen und nach Osteuropa verschoben hat. Die Bande wurde gefasst, ihre Mitglieder vor Gericht gestellt. Da man Habermann nur nachweisen konnte, als Fahrer tätig gewesen zu sein, wurde er zu sechs Monaten Haft verurteilt.

Das nächste Mal tauchte Habermann 2011 in den Gerichtsakten auf. Er war als Hausmeister in einem Seniorenheim beschäftigt und eine der alten Damen hatte ihm testamentarisch eine beträchtliche Summe vermacht. Mit dem Tod dieser Frau hatte er aber überhaupt nichts zu tun, das wurde eindeutig geklärt. Aber die Erben haben das Testament angefochten und den Prozess gewonnen.

Dann hatte er wohl sein eigentliches *Geschäftsfeld* gefunden und sich deutschlandweit als Heiratsschwindler betätigt. Sein blendendes Aussehen, sein sicheres, von einer exzellenten Bildung zeugendes Auftreten, seine guten Manieren, kurzum seine ganze Erscheinung prädestinierten ihn für diese Rolle.

Er wurde wegen Heiratsschwindel zweimal rechtskräftig verurteilt. 2015 zu eineinhalb Jahren und 2021 zu vier Jahren Haft. Aus dieser wurde er vor vier Wochen vorzeitig auf Bewährung entlassen. Immer wenn er auf freiem Fuß war, hatte ihn Bogdanow angestellt.

Zum Schluss sagte Kurt Kunze: „Seinen Bewährungshelfer habe ich noch nicht sprechen können und in der Wohnung, die man ihm zugewiesen hatte, ist Habermann seit Tagen nicht mehr gesehen worden. Eigentlich ist dieser Habermann eine tragische Figur. In 45 Jahren hat er aus den vielen Anlagen und Talenten, die ihm in die Wiege gelegt wurden, absolut nichts gemacht. Und hier kann man die Schuld gewiss nicht nur auf die gesellschaftlichen Umstände schieben. Jeder ist doch erst einmal für sich selbst verantwortlich."

Der Leiter der *Soko Kopf* bedankte sich sehr bei Kurt Kunze für die detaillierten Informationen und erklärte dann: „Wir hören noch kurz, was Ali Durmaz von Helge Reiter erfahren hat, und wie das Gespräch von Evi Hauser im Altersheim verlaufen ist."

Oberkommissar Durmaz machte den Anfang und erklärte, dass er Helge Reiter noch nicht erreichen konnte.

Kommissarin Evi Hauser verwies auf ihre Aufzeichnungen und meinte, dass von Margarete Stegel nichts zu erfahren war, diese habe immer nur mit sehr schöner Stimme gesungen:
Für meine Kinder 1, 2, 3
ist jede Angst vor Krieg vorbei.

Nach Auskunft der Pflegerin singt sie dies ständig.

Der Leiter der Soko bedankte sich und legte fest:

„Wir beenden jetzt unsere Beratung und beginnen mit den Verhören von Simon Wolf, Boris Bogdanow und seiner beiden Handlanger.

Simon Wolf werde ich verhören, Miriam sollte dabei sein.

Bogdanow sollten sich Kurt Kunze und Melanie Forstmann vornehmen und mit den beiden Komplizen werden sich Gisela Bernd und Evi Hauser befassen.

Um 12:00 Uhr treffen wir uns wieder hier."

28.

Im Verhörraum zwei saßen die Hauptkommissare Kurt Kunze und Melanie Forstmann, ihnen gegenüber hatte Boris Bogdanow Platz genommen. Dessen Personalien waren aufgenommen und er war über seine Rechte belehrt worden.

Kommissarin Forstmann begann das Verhör:

„Herr Bogdanow, erstens werfen wir Ihnen vor, Isabell Stegel entführt zu haben, um Lösegeld zu erpressen.
Der zweite Vorwurf lautet: Sie haben den Mord an Friedrich Stegel in Auftrag gegeben, um den Kauf der Firma *EMS* zu erreichen,
Möchten Sie sich zu diesen Vorwürfen äußern, oder wollen Sie lieber einen Anwalt hinzuziehen?"

Nach kurzer Überlegung antwortete Bogdanow: „Ich möchte reden und erkläre als allererstes: Mit der Ermordung von Friedrich Stegel habe ich nicht das Geringste zu tun.

Die Sache mit der Entführung gebe ich zu. Das war absolut blöd von mir und sehr kurz gedacht. Wir haben aber von vornherein dafür gesorgt, dass Isabell keinen Schaden erleidet."

Melanie Forstmann antwortete: „Herr Bogdanow, Sie sind ein erwachsener Mensch und ein erfolgreicher Geschäftsmann. Was Sie veranstaltet haben, ist kein *Räuber und* Gendarm – Kinderspiel, sondern eine schwere Straftat. Erpresserischer Menschenraub wird nach § 239a StGB mit einer Freiheitsstrafe von fünf bis zehn Jahren Haft geahndet. Wenn Sie einen milden Richter finden, können Sie vielleicht mit einem Jahr davonkommen. Die Sache mit einer Geldstrafe abzutun, ist aber ausgeschlossen.

Erklären Sie uns doch bitte, wie Sie auf die Idee kamen, Isabell Stegel zu entführen.

Wenn wir Ihre wirtschaftliche Lage richtig beurteilen – natürlich haben wir uns schlau gemacht – sind Sie auf das Lösegeld nicht unbedingt angewiesen."

„Das ist absolut richtig," lautete die Antwort: „Aber ein chinesisches Firmenkonsortium hatte mir den Auftrag erteilt, für sie die Firma *Elektromotoren-Stegel GmbH (EMS)* inklusive des Zweigwerkes in Bregenz zu erwerben. Als erstes Angebot standen 120 Millionen Euro im Raum. Bei einer Vermittlungsprovision von 20% ist dies für mich natürlich äußerst lukrativ.

In einem Gespräch mit Friedrich Stegel stellte sich aber heraus, dass er um keinen Preis verkaufen wollte. Wörtlich sagte er: *Nur über meine Leiche.*

Seine zweite Frau Ilona schien aber der ganzen Sache durchaus nicht abgeneigt und ich dachte, vielleicht kriegt sie ihn auch diesmal rum.

Sie hatte in der Vergangenheit bei mancherlei Gelegenheiten gezeigt, welch starken Einfluss sie auf ihren Mann hatte.

Dann kam alles ganz anders. Ihr Mann verstarb und wir hatten die Hoffnung, dass Ilona Stegel einige Anteile von *EMS* erben würde. Wenn sie uns diese verkaufen würde, hätten wir einen Fuß in er Tür gehabt, wie man so sagt.

Das Ganze war eine Milchmädchenrechnung. Ich habe mir, wahrscheinlich zu spät, den Gesellschaftervertrag von *EMS* angesehen und musste feststellen, dass Renate Stegel, die 1. Ehefrau von Friedrich Stegel, nunmehr alleinige Inhaberin der Firma ist. Sie lehnte aber jegliches Verkaufsangebot ab. Da kamen wir auf folgende Idee: Wenn Renate Stegel kurzfristig eine hohe Geldsumme aufbringen muss und wir als Retter in der Not diese Summe gegen die Einwilligung des Firmenverkaufs, der ihr 120 Millionen Euro bringen würde, zur Verfügung stellen, käme der von uns gewünschte Deal doch noch zustande. Wir haben deshalb ihre Enkeltochter entführt und kurzfristig neunhunderttausend Euro Lösegeld verlangt,
Wie das Ganze ausging, wissen Sie ja."

„Zum Glück glimpflich," warf Kommissar Kunze ein. „Sie haben sich bei der ganzen Geschichte aber auch ziemlich dilettantisch angestellt."

„Wir sind eben keine professionellen Entführer," warf Bogdanow ein.

„Das wird sich kaum strafmildernd auswirken," lautete die Antwort. „Aber wer ist eigentlich *Wir?"*

Der Gefragte antwortete: „Es gibt da einen hochintelligenten und vielseitig talentierten jungen Mann, der hat regelmäßig für mich gearbeitet, wenn er nicht gerade wegen irgendwelcher Dinge, die er in maßloser Selbstüberschätzung gedreht hatte, im Gefängnis saß. Er heißt Gisbert Habermann. Ich will aber keinesfalls die Schuld auf ihn abwälzen. Er hat mir geholfen, der Chef war aber ich. Gisi hat übrigens rechtzeitig Lunte gerochen, als die Blockhütte gestürmt wurde. Er konnte verduften, ich weiß bis jetzt noch nicht, wie."

Hauptkommissar Kunze kam dann nochmals auf den Tod von Friedrich Stegel und die Rolle, die Bogdanow dabei gespielt hat, zu sprechen.

Dieser bestritt nicht, dass er einige Zeit geglaubt habe, bei einem Tod von Friedrich Stegel über dessen Frau Ilona an Firmenanteile zu kommen. Er habe das auch mit Gisbert Habermann diskutiert, diesem aber keinerlei Aufträge erteilt.

„Das nehmen wir mal so zur Kenntnis," erklärte Kommissarin Forstmann und fuhr dann fort;

„Herr Bogdanow, wir beenden das Verhör und ich finde es gut, dass Sie sich zum Reden entschlossen haben. Man wird Sie jetzt zurück in Ihre Zelle bringen und Ihnen später das Protokoll diese Verhörs zur Unterschrift vorlegen. Danach werden Sie einem Haftrichter vorgeführt. Ich nehme an, er wird Untersuchungshaft bis zum Prozessbeginn anordnen. Was nun kommt, ist Sache der Justiz. Wir verabschieden uns und wünschen Ihnen einen erträglichen Ausgang der Sache. Noch ein Rat: Nehmen Sie sich einen Verteidiger, Auf Wiedersehen."

Bogdanow wurde abgeführt und die beiden Kriminalisten sahen sich an. „Kurt," begann Melanie, „sagen Sie, wie kann man nur so blöd sein. Bogdanow als erfahrener Geschäftsmann musste doch wissen, dass er keine Chance hat."

„Das ist die Gier," antwortete ihr Kollege. „Bei 120 Millionen Euro drängt sie alle rationalen Überlegungen in den Hintergrund. Wir beide haben doch oft genug erlebt, wie schnell bei manchen Menschen die Hemmschwelle sinkt, wenn nur der Anreiz hoch genug ist. Jetzt lass uns aber einen Kaffee trinken, bis um 12 ist noch genügend Zeit."

Gemeinsam schlugen die beiden den Weg zur Kantine ein.

29.

Im Verhörraum eins saß Simon Wolf bereits auf seinem Platz, als Hauptkommissar Lutz Waski und seine Kollegin, Miriam Fendt, den Raum betraten.

Waski begrüßte den aus dem Polizeigewahrsam vorgeführten Häftling, stellte seine Kollegin vor und begann das Gespräch:

„Herr Wolf, im Unterschied zu unserer Unterhaltung vorgestern, bei der es nur um eine Befragung ging, wird das dieses Mal eine Vernehmung mit Ihnen als Beschuldigten.
Wir beschuldigen Sie, an der Ermordung der Zwillinge Friedrich Stegel (Feins und Fzwo) maßgeblich beteiligt gewesen zu sein. Ich will offen mit Ihnen reden: Wir haben den Rumpf von Fzwo gefunden, Sie wissen selbst, wo. Auf der Folie, in der er eingewickelt war, befinden sich ihre Fingerabdrücke in großer Anzahl.
Herr Wolf, ich nehme an, Sie kennen Ihre Rechte. Sie müssen nicht aussagen und können einen Anwalt hinzuziehen. Wollen Sie davon Gebrauch machen?"

Simon Wolf schüttelte den Kopf und sagte: „Ich möchte reden und betone vorab, dass ich keinen der beiden Zwillingsbrüder umgebracht habe."

„Gut," sagte der Kommissar. „Wir werden Ihre Vernehmung mit Bild und Ton aufzeichnen und Ihnen dann das Protokoll zur Unterschrift vorlegen.

Für dieses: Sie heißen Simon Wolf, sind am 21.9.1984 in Offenbach geboren und wohnen derzeit bei Ihrer vier Jahre älteren Schwester Ilona Stegel. Von Beruf sind Sie stellvertretender Marktleiter eines Dieburger Supermarktes.
Sind diese Angaben korrekt?"

Nachdem Herr Wolf diese bestätigt hatte, wurde er aufgefordert, zu berichten, was sich am Abend des 14. Juli zugetragen hat.

Simon Wolf begann: „Es war am 14. Juli, einem Montag, so etwa 18:30 Uhr als ich von der Arbeit nach Hause kam, ich hatte Frühdienst, und es war deshalb zeitiger als sonst. Vor dem Haus standen ein Krankenwagen und ein PKW mit dem Schild *Notarzt* hinter der Windschutzscheibe.
Besorgt stieg ich die Treppe empor, der Notarzt kam mir entgegen und schüttelte auf meinen fragenden Blick nur den Kopf. In der Wohnung fand ich dann meine Schwester neben ihrem Mann.

Sie schilderte mir das ganze Drama, zeigte mir den Totenschein und schluchzte: *Friedrich ist tot.*

Dann kam Gisi, also Gisbert Habermann, aus dem Nebenzimmer, wo er sich die ganze Zeit still aufgehalten hatte. Alle drei beratschlagten wir, was nun zu tun sei. Wir haben schließlich einen Bestatter angerufen und der zeigte sich bereit, Friedrichs Leichnam kurzfristig abzuholen. Dies geschah dann so gegen 21:00 Uhr. Der Mann in schwarz ließ sich den Totenschein zeigen und meinte, dass man alles Weitere am nächsten Tag besprechen könne und er jetzt den Toten abtransportieren lassen würde.

Wir drei saßen traurig, ziemlich ratlos und innerlich aufgewühlt am Tisch, als etwas passierte, dass ich im Leben nie vergessen werde.

Die Tür wurde geöffnet und herein kam Friedrich Stegel.

Ilona erholte sich als erste von dem Schreck, der uns allen in die Glieder gefahren war, und sagte: *Mein Gott, Friedrich. Ich denke, Du bist tot und liegst beim Bestatter im Sarg. Bist Du es wirklich, oder bist Du ein Gespenst?*

Der Gast erklärte: *Ich bin auch Friedrich Stegel und mit meinem Zwillingsbruder hier verabredet. Wir haben die Tatsache, dass es uns doppelt gibt, bisher geheim gehalten und wollten zu unserm 75. Geburtstag mit einem gemeinsamen Auftritt für eine Überraschung sorgen. Das Ganze wollten wir heute näher besprechen. Aber was ist mit meinem Bruder passiert?*

Man erklärte ihm die Sache mit dem Schlaganfall und dem Notarzteinsatz und noch während er fragte, ob da vielleicht jemand nachgeholfen hätte, kam Gisi von hinten mit einer Spritze in der Hand.

Bevor einer von uns etwas tun konnte, stach er Friedrich in die Halsschlagader, worauf dieser umfiel und fast auf der Stelle tot war.

Ich war entsetzt.

Gisi hingegen meinte in aller Seelenruhe: *Diesen Zwillingsbruder vermisst keiner. Wäre er am Leben geblieben, hätten wir uns die Erbansprüche von Ilona abschminken können und von den 120 Millionen Euro nichts gesehen.*
Die Giftspritze war doch schon für Ilonas Mann vorgesehen.

Wir haben dann die Leiche vom Zwillingsbruder sorgfältig in Folie eingewickelt und mit dem Lastenaufzug in den Keller transportiert. Dort stehen einige Kühltruhen, teils für die Firma, teils für Privat. In die größte von denen haben wir das Paket ziemlich unten abgelegt.

Gisi meinte, wenn sich der ganze Trubel um die Beerdigung von Friedrich Stegel gelegt hat, findet sich sicher eine Gelegenheit, den makabren Inhalt der Kühltruhe zu entsorgen."

Simon Wolf beendete seine Rede und trank von der angebotenen Cola.

„Na schön," nahm Lutz Waski den Gesprächsfaden wieder auf. „Wenn sich das Ganze wirklich so abgespielt hat, wie Sie es geschildert haben, werden wir die Mordanklage fallen lassen, was aber nicht bedeutet, dass Sie aus dem Schneider sind.

Uns interessiert, wie es weiter ging und vor allem, wie der Kopf von Friedrich Stegel in die Biotonne gelangt ist."

Simon Wolf, froh, dass Kommissar Waski ihm Glauben zu schenken schien, sprach wesentlich gefasster als vorher weiter: „Dass Ilona, Gisi und ich uns von der Schulzeit her kannten und er ihr erster Freund war, wissen Sie sicher. Ich habe diesen arroganten Burschen nie leiden können. Als er dann meine Schwester kurz vor dem Abi sitzen ließ, hätte ich ihn liebend gern auf den Mond geschossen. Dann war er aber plötzlich weg und ich habe jahrelang nichts von ihm gehört.

Vor etwa vier Wochen ist er plötzlich hier aufgetaucht und meine sonst so vernünftige Schwester, die vorher oftmals kein gutes Haar an ihm gelassen hat, ist voll auf diesen Blender abgefahren. Ganz schlimm wurde es, als die 120 Millionen Euro ins Spiel kamen. Die beiden machten Pläne, als ob Ilona nicht verheiratet wäre. Als dann Friedrich gestorben und der störende Zwillingbruder beseitigt war, ging das intensiv weiter.

Ich steckte in einem Dilemma.

Wäre ich zur Polizei gegangen, hätte ich mich selbst belasten müssen und meine Schwester in größte Schwierigkeiten gebracht.

Wenn ich nichts unternommen hätte, wäre der kaltblütige Mörder Gisbert Habermann davongekommen.

Daher habe ich am vergangenen Sonntag die Leiche aus der Tiefkühltruhe geholt und den Kopf abgetrennt. Da ich beruflich für unsere Fleischtheke oft größere Stücke teilen muss, war das kein Problem. Die entsprechenden scharfen Messer hatte ich von der Arbeit mitgebracht.

Den Rumpf habe ich wieder eingewickelt und in die Truhe zurückgelegt. Den Kopf habe ich am Abend in unsere Biotonne nach ganz oben gelegt, weil ich wusste, dass diese am Montag früh geleert wird.

So hoffte ich, dass die Gerechtigkeit ihren Lauf nehmen kann."

Kommissar Waski sagte: „Herr Wolf, zunächst danke ich Ihnen für die freimütige Schilderung der ganzen Vorgänge. Es wird Ihnen sicher guttun, sich das alles von der Seele geredet zu haben.

Wir werden Ihre Angaben selbstverständlich genau prüfen. Jetzt lassen wir Sie zurück in den Polizeigewahrsam bringen. Morgen früh werden Sie einem Untersuchungsrichter vorgeführt. Der wird Ihnen mitteilen, in welchen Punkten Anklage gegen Sie erhoben wird.

Da fallen mir ein:

- Deckung eines Mörders;
- Mithilfe bei der Vertuschung einer schweren Straftat;
- Leichenschändung;
- Erhebliche Behinderung polizeilicher Ermittlungen.

Ob der Richter Untersuchungshaft anordnet, wird man abwarten müssen. Da weder Flucht- noch Verdunklungsgefahr bestehen, ist es möglich, dass Sie bis zum Prozessbeginn auf freiem Fuß sein könnten. Das wird aber auch davon abhängen, wann wir Ihre Schwester finden.

Haben Sie eine Idee, wo diese, wahrscheinlich mit Gisbert Habermann, sein könnte?"

Simon Wolf verneinte und damit war die Vernehmung beendet.

30.

Die Mitglieder der *Soko Kopf* hatten sich pünktlich im großen Beratungsraum des Kommissariats K10 eingefunden. Auch Kommissar Ralf Kleinert war von seiner Reise an den Bodensee zurückgekehrt. Der Leiter des K10, Kriminalrat Torsten Haase, war ebenfalls gekommen.

Der Leiter der *Soko*, Hauptkommissar Lutz Waski eröffnete die Beratung.

„Liebe Mitstreiter, ich kann Ihnen erfreulicherweise mitteilen, dass die Hauptprobleme, die mit dem makaberen Fund des menschlichen Kopfes in einer Biotonne begonnen haben, im Wesentlichen gelöst sind.

Wir wissen, dass dies der Kopf des Zwillingsbruders von Friedrich Stegel ist. Der zughörige Rumpf wurde gefunden und befindet sich in der Gerichtsmedizin.

Wir wissen auch, wie die beiden Brüder zu Tode kamen. Einmal war es ein schwerer Schlaganfall mit anschließender Sterbehilfe. Im anderen Fall war es brutaler Mord.

Wir sind sicher, dass Gisbert Habermann der Täter und Ilona Stegel seine Komplizin war.

Beide sind untergetaucht und bisher haben wir keine vernünftige Spur.

Wie der Kopf des Zwillingsbruders in die Biotonne kam, ist durch die Aussage von Simon Wolf eindeutig geklärt.

Zum Motiv kann ich nur sagen: Es geisterte eine Summe von 120 Millionen Euro durch den Raum und jeder wollte von diesem Kuchen naschen.

Das gilt auch für die Entführung von Isabell Stegel. Boris Bogdanow sah darin seine letzte Chance, den von ihm angestrebten 120-Millionen-Deal doch noch über die Bühne bringen zu können. Bogdanow ist in vollem Umfang geständig, sieht ein, dass er nach eigener Aussage *Mist gebaut* hat und weiß, dass er mit einer Geldstrafe nicht davonkommen kann.

Übrigens war Gisbert Habermann seine rechte Hand bei der Entführungsgeschichte und hat auch vorher oft für ihn gearbeitet,

Liebe Kollegen, soweit ein knapper Überblick. Einzelheiten finden Sie in den Protokollen der Vernehmung von Simon Wolf durch mich und der von Boris Bogdanow durch Melanie Forstmann und Kurt Kunze. Die Kopien müssten inzwischen abrufbar bereit liegen.

Unser Hauptaugenmerk werden wir darauf legen, das flüchtige Pärchen Gisbert Habermann/Ilona Stegel zu finden und zu fassen.

Hierzu scheint mir der volle Einsatz unserer *Soko* allerdings nicht notwendig zu sein und ich werde den Chef bitten, diese aufzulösen.

Zuvor sollten wir uns noch Zeit für drei Dinge nehmen:

– Was hat die Autopsie des Rumpfes von Fzwo ergeben?
Miriam, telefonieren Sie doch bitte gleich mit Dr. Bruns.
– Was hat das Gespräch von Ali Durmaz mit Helge Reiter ergeben?
– Was kann uns Ralf Kleinert über seine Recherchen in Bregenz und Lindau sagen?

Den Anfang machte Oberkommissar Durmaz. Er berichtete, dass er den Geschäftsführer der *EMS* kurz nach neun am heutigen Tag gesprochen habe, aber nichts in Erfahrung bringen konnte, was über das Ergebnis des Gespräches zwischen Lutz Waski und Helge Reiter hinausgegangen wäre. Allerdings hätte Reiter einen zerfahrenen und gehetzten Eindruck gemacht, was vielleicht auch der unklaren Situation bezüglich des weiteren Schicksals der Firma geschuldet sein könnte,

Dann kam Miriam Fendt zu Wort: „Ich habe eben mit Heiko telefoniert. Er ist absolut sicher, dass Fzwo durch Gift umgebracht wurde. Diese wurde ihm mit einer Spritze in die Halsschlagader injiziert, Heiko hat die Einstichstelle gefunden. Er schickt vorab eine Email und danach den ausführlichen Bericht.“

Kommissar Waski bedankte sich und wollte Ralf Kleinert um seinen Bericht bitten, als nahezu gleichzeitig sein Mobiltelefon und das vom Kriminalrat klingelte. Beide nahmen ihr

Gespräch an und antworteten synchron: „Es ist gut, wir kommen."

Die anderen Mitglieder der Soko blickten gespannt zu den Angerufenen. Diese sahen sich an und Torsten Haase sagte: „Lutz, Sie zuerst."

Dieser berichtete: „Die Anruferin war Frau Heimfeld, die langjährige Chefsekretärin des verstorbenen Friedrich Stegel.
Sie war völlig aufgelöst.
Ihren Worten konnte ich entnehmen, dass vor etwa einer Stunde Herr Reiter, das ist der Geschäftsführer von *EMS*, in ihr Büro kam, das Polizeisiegel von der Tür zum Arbeitszimmer ihres Chefs entfernte, aufschloss und den Raum betrat. Ihr Einwand, dass man doch ein Polizeisiegel respektieren müsse, wurde mit der Bemerkung *Das geht schon in Ordnung* abgeschmettert.

Sie war gerade beim Überlegen, ob sie uns verständigen solle, als ein Besucher eintrat.

Klara Heimfeld schaute hoch und wäre nach ihrer eigenen Aussage fast ohnmächtig geworden, als sie den Mann erkannte.
Sie erinnerte sich gesagt zu haben: *Friedrich, sind Sie von den Toten auferstanden oder sehe ich Gespenster?*

Eine Antwort hat sie nicht erhalten. Der Besucher ging schnurstracks ins Arbeitszimmer und dort gab es sofort einen fürchterlichen Streit.

Zwei Männer brüllten sich an und dann fielen Schüsse.

Frau Heimfeld berichtete weiter, dass sie das Arbeitszimmer verschlossen hatte, der Schlüssel steckte zum Glück außen. Dann habe sie die 110 gewählt sowie Kommissar Waski angrufen.

Ich habe versucht, die Frau zu beruhigen, ihr gesagt, dass sie alles richtig gemacht hätte und wir schon auf dem Weg zu ihr seien."

Torsten Haase nahm das Wort: „Der Bericht von Lutz Waski deckt sich mit dem Inhalt des an mich gerichteten Gespräches. Am anderen Ende war Hauptkommissar Uwe Krause von der Dieburger Polizeistation, mit dem wir ja schon oft zusammengearbeitet haben. Er sagte, dass er und seine Kollegin 12 Minuten nach dem Notruf vor Ort waren. Frau Heimfeld hat ihm dann die gleiche Story geschildert, wie sie diese schon Lutz erzählt hat.

Mit aller Vorsicht haben die beiden Polizeibeamten das Arbeitszimmer betreten und fanden die beiden Kampfhähne weit voneinander entfernt sitzen. Beiden wurden vorsorglich Handschellen angelegt. Keiner von ihnen hat auf Fragen geantwortet. Nur Helge Reiter, er war Uwe Krause bekannt, hatte verlangt, mit Kommissar Waski zu sprechen.

Das Arbeitszimmer machte einen völlig chaotischen Eindruck, man sah, dass sich die beiden Männer nicht nur verbal attackiert hatten.

Der Safe stand offen, zu erkennen war, dass er Papiere, Schmuck, Uhren und Bargeld enthielt.

Auf den Boden des Zimmers lag eine Pistole vom Typ *Walther PKK* und im Raum roch es nach Pulverdampf.

Kommissar Krause beendete das Gespräch mit den Worten: „Wir haben Nichts angefasst, um die Arbeit der *Spusi* nicht zu erschweren.
Ich denke, wenn ihr mit eurer Mannschaft anrückt, können wir verschwinden."

Torsten Haase und Lutz Waski hatten sich kurz verständigt. Dann wurde entschieden:

Lutz Waski sowie Ralf Kleinert und Ali Durmaz sowie einige Kriminaltechniker fahren nach Eppertshausen. Die beiden am Streit beteiligten Männer werden ins Präsidium gebracht und dort vernommen.

31.

Lutz Waski hielt vor dem Haupteingang der Firma *Elektromotoren-Stegel-GmbH (EMS)* im Eppertshausenen *Park 45*, neben dem Streifenwagen der Dieburger Kollegen. Er stieg aus, mit ihm Ralf Kleinert und Ali Durmaz.

Die Fahrzeuge der Kriminaltechnik kamen kurz nach ihm an. Hautkommissar Daniel Goebel, der Leiter der KTU bei der RKI, hatte sein Fahrzeug ebenfalls verlassen und kam auf die drei schon vor der Haustür wartenden Kollegen zu. Seine Mitarbeiter begannen, die umfangreichen technischen Gerätschaften zu entladen.

Die vier Kriminalisten gingen ins Büro der Firma, wo sie von Klara Heimfeld schon sehnsüchtig erwartet wurden. Die Dieburger Kollegen erhoben sich und es gab ein eifriges Händeschütteln. Lutz Waski sah schmunzelnd zu „Na, da wollen wir mal," sagte Kommissar Waski, öffnete die Tür und sah als ersten Helge Reiter apathisch auf seinem Stuhl sitzen. Er sprach ihn an: „Herr Reiter, was machen Sie denn für Geschichten? Meine Kollegin wird Sie gleich von den Handfesseln erlösen und nach nebenan zu Frau Heimfeld bringen. Wir reden dann später weiter."

Mit der nötigen Vorsicht bugsierte die Dieburger Kollegin Herrn Reiter nach draußen.

Lutz Waski wandte sich dem anderen Mann zu und stellte sich vor: „Ich bin Kriminalhauptkommissar Waski und leite hier die Ermittlungen. Ich hätte gern gewusst, wer Sie sind und was Sie hier wollen?"

Der so Angesprochene war inzwischen auch von den Handschellen befreit worden, stand auf, reckte sich und sagte mit lauter Stimmen:

„Ich heiße Friedrich Stegel."

Als er die erstaunten Gesichter der mit im Raum befindlichen Polizisten sah, fügte er hinzu:

„Ich bin der dritte Zwilling!"

Die Verblüffung aller Anwesenden war total.

Herr Stegel sagte: „Ich kann Ihnen die ganze Geschichte von uns drei Brüdern, wir nannten und Feins, Fzwo und Fdrei, nachher in Ruhe erklären. Unsere Mutter Margarete können Sie leider nicht befragen. Sie ist 95, lebt in einem Heim und ist völlig dement. Als ich sie heute Morgen besucht habe, hat sie mich leider nicht erkannt und immer nur ihr Liedchen gesungen:

Für meine Kinder 1, 2, 3
ist jede Angst vor Krieg vorbei.

Das gehört zu unserer Geschichte, dazu später.

Aber zu Ihrer Frage, weshalb ich hier bin:

Wir drei Friedrichs hatten vor, zu unserem 75. Geburtstag am 3. August mit der Story unseres Lebens an die Öffentlichkeit zu gehen. Wie dies genau vor sich gehen sollte, wollten wir in diesen Tagen absprechen.

Allerdings musste ich erfahren, dass von uns dreien nur ich übriggeblieben war.

Dann kam ich hierher, in die Firma meines Bruders. Seine langjährige Sekretärin, ich kannte nur ihren Namen, viel fast von Stuhl, als ich ihr Büro betrat. Ihre Worte waren: *Chef, Sie sind doch tot! Sind Sie auferstanden? Sehe ich Gespenster?*

Ich konnte Frau Heimfeld beruhigen und den Zusammenhang erklären.

Daraufhin sagte sie mir, dass der Geschäftsführer, Herr Reiter, vorhin gekommen war, das Polizeisiegel am Arbeitszimmer durchtrennt hat und hineinging. Auf ihre Frage habe er nur kurz geantwortet, dass er im Auftrag von Ilona, das ist die 2. Frau meines Chefs, handeln würde. Frau Heimfeld sagte noch, dass sie gerade die Polizei anrufen wollte, als ich kam.

Ich ging ins Arbeitszimmer meines Bruders und fand Herrn Reiter vor dem geöffneten Safe. In diesem lagen eine Menge Papiere und ich konnte auch Geldbündel sowie Uhren erkennen. Ganz vorn lag eine Pistole.

Ich fragte den Geschäftsführer, zunächst noch ganz ruhig, wieso er den Safe geöffnet habe.

Er wurde laut und betonte, dass Ilona Stegel, die Frau von Friedrich, ihm den Auftrag erteilt und auch das Passwort mitgeteilt hätte. Sie sei doch die Erbin und hätte das Sagen.

Als ich ihm erklärte, dass ich das anders sehen und jetzt die Polizei rufen würde, griff er sich die Pistole und brüllte erregt: *Das werden Sie nicht tun, sonst schieße ich.*
Er war völlig durch den Wind, kam auf mich zu, packte mich und fuchtelte ständig mit der Waffe umher.

Ich griff nach der Pistole und wollte sie ihm wegnehmen. Es kann zu einem heftigen Gerangel. Plötzlich löste sich ein Schuss. Ernüchtert ließen wir voneinander ab, sahen uns an und jeder war froh, den anderen nicht verletzt zu haben. Schweigend, uns mit bösen Blicken bedenkend, setzten wir uns auf die beiden am weitesten voneinander entfernten Stühle. So fanden uns die Polizisten, die Frau Heimfeld gerufen hatte."

Die Polizisten hatten die Ausführungen von Herrn Stegel mit großem Interesse zur Kenntnis genommen und Kommissar Waski entschied: „Wir fahren jetzt mit den Herren Reiter und Stegel ins Präsidium und werden sie dort eingehend vernehmen bzw. befragen. Auf die Informationen, die uns Fdrei liefern wird, bin ich schon sehr gespannt.

Kommissar Goebel und seine Mannen werden hier alles gründlich untersuchen."

Lutz Waski verabschiedete sich von Uwe Krause und seiner Kollegin, die ihren Streifendienst fortsetzen wollten und sagte zum Schluss zur Sekretärin: „Danke, Frau Heimfeld, Sie haben alles richtig gemacht. Auf Wiedersehen."

32.

Hauptkommissar Lutz Waki und seine beiden Kollegen, die Kommissare Ralf Kleinert und Ali Durmaz betraten den Beratungsraum des Kommissariats K10 der *RKI*, wo sie von den Mitgliedern der *Soko Kopf* mit Spannung erwartet wurden.

Der Leiter des K10, Kriminalrat Torsten Haase, kam dazu und Lutz Waski berichtete kurz von dem Einsatz bei der Firma *EMS* in Eppertshausen.

Das Auftauchen des *Dritten Zwillings* löste erwartungsgemäß allgemeines Stauen aus. Lutz setzte fort: „Dieser Friedrich Stegel ist Willens und in der Lage, uns die ganze Geschichte von den drei Friedrichs zu erzählen. Auf der Herfahrt hat er eine Bitte geäußert. Er möchte, dass seine Schwägerin Renate Stegel und sein Neffe Wolf-Dieter dabei sind, wenn er berichtet. Er sei heute früh kurz in Groß-Umstadt gewesen und habe sich vorgestellt. Renate wusste bisher nur von einem Zwillingsbruder ihres Mannes. Fdrei hofft, dass wir seiner Bitte entsprechen können, sonst müsse er alles doppelt erzählen."

Kommissar Waski machte eine Pause und fuhr dann fort: „Ich bin mir nicht sicher, wie wir verfahren sollten. Einerseits scheint mir die Bitte gerechtfertigt, aber andererseits wird die

Unterhaltung mit Herren Stegel kein *Plauderstündchen am Kamin*, sondern ist als Befragung Teil unserer polizeilichen Ermittlungen."

Torsten Haase schaltete sich ein: „Wir verfahren folgendermaßen: Herr Stegel mag seine Verwandten aus Groß-Umstadt herkommen lassen. Sie können unsere Unterhaltung mit ihm im Nebenraum verfolgen, solange wir Bild und Ton vom Verhörraum 1 nach draußen übertragen.

Friedrich Stegel sollte mit dieser Geschichte von den drei Zwillingen beginnen. Wenn wir ihn dann zu den heutigen Vorgängen bei *EMS* befragen, wird die Außenübertragung gestoppt."

„Eine sehr gute Entscheidung," applaudierte Lutz Waski. „Wir terminieren den Beginn der Unterhaltung auf 17:00 Uhr.

Inzwischen sollte Helge Reiter, der derzeit im Verhörraum 2 sitzt, vernommen werden. Ich bitte Melanie Forstmann und Kurt Kunze, dies zu übernehmen. Ich habe mir übrigens die Aufzeichnung meines vorgestrigen Gesprächs mit Helge Reiter angehört und muss sagen, der Eindruck, den ich dabei von Herrn Reiter gewonnen hatte, steht im diametralen Gegensatz zu seinem heutigen Verhalten.

Ich hoffe," er sah Melanie Forstmann und Kurt Kunze an, „ihr könnt hier etwas Licht in Dunkel bringen.

Es wäre schön, wenn wir noch vor dem Auftritt von Friedrich Stegel um 17:00 Uhr erste Ergebnisse hätten.

Ali," wandte er sich an Oberkommissar Durmaz, „Sie kümmern sich bitte um Friedrich Stegel. Nehmen Sie ihn getrost mit in die Kantine. Ihr andern könnt auch Pause machen. Ich will in meinem Büro noch ein paar Akten und meine Gedanken ordnen und komme später nach. Um 16:45 Uhr sollten wir alle wieder hier sein."

33.

Donnerstag, 24. Juli; 16:45 Uhr

Die Mitarbeiter der *Soko Kopf* saßen auf ihren Plätzen im Beratungsraum des K10.

Der Leiter der *Soko,* HK Lutz Waski, wandte sich an seine Kollegen, die HK Forstmann und Kunze: „Melanie und Kurt, wir sind gespannt zu hören, was eure Vernehmung von Helge Reiter ergeben hat. Wer von euch möchte berichten?"

Die beiden Kommissare sahen sich an, Kurt Kunze nickte seiner Kollegin zu und Melanie Forstmann begann: „Wir hatten uns vorher die Aufzeichnung des Gesprächs zwischen Lutz und Helge Reiter angehört und der Vollständigkeit halber die Lebensdaten von Helge Reiter abgefragt. Die Angaben decken sich zu 100% mit dem, was Lutz schon erfahren hatte.

Dann stellten wir die Frage:
Herr Reiter, weshalb haben Sie ein polizeiliches Siegel verletzt und den Safe Ihres toten Chefs geöffnet?

Im Verlauf der Vernehmung erhielten wir die Antwort: Helge Reiter hatte seit einigen Monaten ein intimes Verhältnis mit Ilona Stegel, der 2. Ehefrau des Firmeninhabers. Die Frau hat Reiter voll abhängig gemacht und ihm eine gemeinsame Zukunft vorgegaukelt. Sie hat versprochen, mit ihm gemeinsam nach Südamerika zu gehen, wenn sie ihren Anteil von den 120 Millionen Euro aus dem Verkauf der Firma erhalten habe.

Als sich herausstellte, dass Ilona wohl kaum mit einem größeren Erbe würde rechnen können, hat sie den Plan entwickelt, mit dem Inhalt des Safes zu verschwinden. Sie hat Helge Reiter versichert, dass da Werte von mindestens einhunderttausend Euro lägen. Auf den Einwand des Geschäftsführers, dass zum Öffnen des Safes ein Schlüssel und ein Passwort nötig seien, er aber nur wisse, wo sein Chef den Schlüssel aufbewahrt hat, kam die Antwort: *Ich habe das Passwort meinem Mann abgeluchst.*

Helge Reiter wurde dann von Ilona Stegel beauftragt, am heutigen Nachmittag den Safe zu öffnen. Er sollte den Inhalt in einem Aktenkoffer verstauen, seine Sachen packen und heute Abend in Frankfurt Hauptbahnhof den ICE 318 nach Köln besteigen. Der Zug soll 20:15 Uhr abfahren. Eine Fahrkarte bis Amsterdam und eine Platzkarte hatte Reiter schon auf seinem Smartphone erhalten. Ilona Stegel soll gesagt haben: *Ich werde rechtzeitig neben Dir sitzen und dann beginnt unser gemeinsames Leben in Südamerika mit der Anreise über Amsterdam.*

Helge Reiter hat sich auf dieses Spiel eingelassen und ich kann nur sagen: *Wenn Männer mit*

*dem Schwanz denken, bleibt der Verstand auf
der Strecke.*

Dann erschien plötzlich der letzte lebende
Friedrich Stegel im Chefbüro, Er sah den offe-
nen Safe und die vorn liegende Pistole.

Als sich Reiter vom ersten Schrecken erholt
hatte, beantworte er die Frage, was er hier zu
suchen habe nach dem Motto: Angriff ist die
beste Verteidigung mit der laut geäußerten
Aufforderung: Sie haben hier gar nichts zu
suchen. Verschwinden Sie sofort, oder ich
schieße. Helge Reiter habe die Pistole genommen. Der Besucher sagte, er werde die
Polizei rufen, sei auf ihn zugekommen und
wollte die Waffe an sich bringen. Es kam zu
gegenseitigen Beschimpfungen und zu einem
Handgemenge. Dann löste sich ein Schuss.
Die beiden haben sofort voneinander abgelas-
sen und wenig später war die Polizei da. Im
Nachhinein war Herr Reiter sehr betroffen und
entschuldigte sich, dass er im Affekt gehandelt
habe und seine Emotionen nicht unter Kontrol-
le hatte.

Unsere Frage, was Helge Reiter von Gisbert
(Gisi) Habermann wisse, blieb zunächst unbe-
antwortet. Erst als Kommissar Kunze deutlich
machte, dass dieser schräge Vogel schon lange
eng mit Ilona Stegel verbunden ist, schien es
bei Reiter zu dämmern. Kurt ließ dann durch-
blicken, dass dieser Gisi eine ganz üble Rolle
in dem aktuellen Fall spielt und er der Mei-

nung ist: Ilona und Gisi wollen sich nach Südamerika absetzten und er, Helge Reiter, sei dabei eine nützliche, nunmehr überflüssige Hilfsperson gewesen."

Melanie Forstmann beendete ihren Bericht: „Helge Reiter ist bereit, heute Abend mit uns zum Hauptbahnhof zu fahren, um bei der Festnahme von Ilona Stegel – und ich hoffe, auch Gisbert Habermann – mitzuwirken."

HK Waski bedankte sich und meinte, dass man einen entscheidenden Schritt vorangekommen sei. Dann sagte er: „Liebe Kollegen, wir wollen jetzt mit der Befragung von Friedrich Stegel (Fdrei) beginnen, es ist schon ein paar Minuten über die Zeit. Melanie soll sich um die Angehörigen kümmern, diese kennen sie ja bereits. Die Befragung von Fdrei übernehme ich selbst, Miriam wird dabei sein.

Gleichzeitig ist der Einsatz heute Abend am Frankfurter Hauptbahnhof vorzubereiten. Ich bitte HK Kurt Kunze diese Aufgabe zu übernehmen. Als Mitarbeiter unserer Abteilung *Raubstraftaten* macht er so etwas ja nicht zum ersten Mal.

Kurt, setzen Sie bitte unseren Chef ins Bild und entwickeln eine Strategie für unser Vorgehen heute Abend. In Absprache mit dem Kriminalrat sollten auch genügend Leute verfügbar sein.

Die Zeit, bis zur geplanten Abfahrt des ICE 318 wird sicher reichen.

Wenn wir den Bericht zu den drei Friedrichs gehört haben, komme ich zu Ihnen und wir gehen die Details nochmals gemeinsam durch."

Damit war die Beratung beendet.

34.

Im Verhörraum 1des K10 saßen schon Friedrich Stegel (Fdrei) und OK Ali Durmaz, als HK Lutz Waski und mit ihm KA Miriam Fendt hereinkamen.

Der Kommissar begrüßte Herrn Stegel, entschuldigte sich für die Verspätung und begann: „Herr Stegel, wir alle sind schon sehr gespannt, was Sie uns zu berichten haben. Wir konnten Ihrer Bitte entsprechen und im Nebenraum befinden sich neben meinen Kollegen Ihre Schwägerin Renate Stegel sowie Ihr Neffe Wolf-Dieter Stegel, seine Ehefrau Ariane und die Tochter der beiden, das Entführungsopfer Isabell Stegel. Unser Gespräch wird mit Bild und Ton nach dort übertragen. Wenn es aber dann um die Ermittlungen zu dem heutigen Vorfall im Büro Ihres Bruders geht, müssen wir die Übertragung nach draußen abschalten. Ich denke, das Ganze ist in Ihrem Sinne."

Friedrich Stegel bejahte, bedankte sich und begann die folgende Geschichte zu erzählen:

„Meine Mutter wurde als Margarete Steiner 1930 in Bregenz am Bodensee geboren. Sie war neun, als der zweite Weltkrieg begann und fünfzehn, als er endete. Der Krieg hat ihre Kindheit und frühe Jugend geprägt. Sie musste erleben, wie zwei Brüder ihres Vaters und fünf Cousins, als gefallen bzw. vermisste gemeldet wurden. Alle haben den Krieg nicht überlebt. Das hat sie ganz tief traumatisiert.

Ihre Eltern hatten in Bregenz ein Elektrofachgeschäft, die *Steiner-Strom*. Im Krieg diente ihr Vater, Richard Steiner, in einer Nachrichtenkompanie. Wilhelm Stegel war dort sein Kamerad und die beiden Männer wurden schnell sehr gute Freunde. Während der Urlaube haben sie sich mit ihren Familien gegenseitig besucht. Einmal in Bregenz und dann in Groß-Umstadt, wo es das Geschäft *Elektro-Stegel* gab. Dabei haben sich Margarete Steiner (Jahrgang 1930) und Anton Stegel (geb. 1928) kennengelernt.

Auch nach dem Krieg, den die beiden Männer unbeschadet überstanden hatten, wurden die Besuche fortgesetzt. Es war zwar nicht mehr so einfach wie vorher, als Bregenz – wie ganz Österreich – zum Deutschen Reich gehörte hatte, aber gut möglich

Dabei haben sich die beiden Kinder, Margarete Steiner und Anton Stegel, ineinander verliebt. Margarete hatte zwar die Aufnahmeprüfung für eine Gesangsausbildung am Wiener Konservatorium bestanden, aber die Liebe war stärker. So wurde Ostern 1950 geheiratet und sie ist mit Anton nach Groß-Umstadt gezogen. Für August hatte sich bereits Nachwuchs angemeldet.

Margarete hatte eine fünf Jahre ältere Schwester, Erna Steiner, mit der sie sich sehr gut verstand. Diese war ausgebildete Hebamme und hatte schon – über welche Beziehungen auch immer – das Sagen in einer gutgehenden Privatpraxis in Lindau am Bodensee.

Als nun der Geburtstermin näher rückte, ist Margarete zu ihrer Schwester nach Lindau gefahren und hat dort am 3. August in deren Wohnung und mit ihrer Hilfe entbunden.

Es kamen gesunde Drillinge zur Welt.

Bei Margarete machte sich das Trauma besonders stark bemerkbar. Sie wollte um jeden Preis von ihren drei Söhnen nur einen dem Staat melden, damit wenigstens zwei den nächsten Krieg überleben.

Ihre Schwester ließ sich überreden und so wurde dem Standesamt in Lindau nur die Geburt von Friedrich Stegel angezeigt.

Wenige Tage später ist Margarete Stegel mit einem der Söhne nach Groß-Umstadt gezogen. Seine Brüder sind bei Margaretes Schwester geblieben. Erna Steiner war alleinstehend, ihr Verlobter war im Krieg gefallen und sie hat die Kinder als ihre eigenen aufgezogen."

Friedrich Stegel erzählte weiter; „Für mich und meinem Bruder war Erna Steiner die Mutter. Sie war eine liebevolle Mutter und hat später einmal gesagt, dass es uns in Österreich nach dem Krieg besser ging, als unserem Bruder in Deutschland.

Meine Mutter, also eigentlich Tante Erna, hatte frühzeitig meine musikalische Begabung erkannt. Als ich 10 war, fragte sie mich, ob ich auf das Musikinternat nach Graz möchte.

Es hat mir dort so gut gefallen, dass ich oftmals auch am Wochenende nicht nach Hause gefahren bin. Mein Bruder wusste kaum, dass es mich gab.

Jahre später, ich hatte mich in meine Klavierlehrerin verliebt und sie sich wohl auch in mich Sie gab mir Privatunterricht – nicht nur im Klavierspiel. Das war eine glückliche Zeit.

1965 waren sich Margarete und Erna einig geworden, dass es an der Zeit sei, das Geheimnis, um die Mehrfachgeburt zu lüften. An unserem 15. Geburtstag, dem 3. August 1965 wollten wir uns alle in München treffen. Ich bin aber nicht mitgefahren.

Später hat man mir berichtet, dass meine Brüder – wir sahen alle drei völlig gleich aus – völlig verblüfft waren, als jeder sein Spiegelbild in natura vor sich hatte.

Mutter Margarete und Mutter Erna erklärten dann die Geschichte und nannten ihre Beweggründe. Sie verlangten von den beiden, und später auch von mir, dass niemand die Geschichte erfahren dürfe, weil sonst Mutter Margarete, aber besonders Mutter Erna Strafen drohen würden.

Wir drei haben uns alle lange Jahre an dieses Verbot gehalten. Ich war sowieso mit meiner Musik(lehrerin) beschäftigt und die anderen beiden hatten sich zum Ziel gesetzt, eine

Ausbildung zu machen, die es ihnen ermöglichen würde, die elterlichen Geschäfte zu übernehmen. So kam es dann auch.

Meine beiden Brüder haben nach und nach ihre Kontakte intensiviert und schließlich in Eppertshausen und in Bregenz die Firma *EMS* geführt. Vor etwa zwei Jahren waren sie der Meinung, dass man an die Öffentlichkeit gehen könne, weil eventuelle Straftaten unserer Mütter sicher verjährt seien. Mutter Erna war 1982 gestorben. Meine beiden Brüder haben sich 2023 in Bregenz getroffen und auch mich eingeladen. Friedrich aus Groß-Umstadt war bass erstaunt, als er von meiner Existenz erfuhr.

Wir stellten fest, dass wir jeder für sich mit der Geburtsurkunde vom Lindauer Standesamt als Friedrich Stegel durchs Leben gegangen waren. Wir nannten uns von da an Feins, Fzwo, und Fdrei und haben erst einmal tüchtig gefeiert.

An unserem 75. Geburtstag wollten wir die ganze Geschichte groß herausbringen. Was daraus geworden ist, wissen sie ja."

Lutz Waski übernahm wieder die Gesprächsführung: „Herr Friedrich, Ihre Geschichte ist wirklich sehr interessant und sicher auch einzigartig. Wir müssen aber noch einmal auf das Geschehen im Büro Ihres Bruders zurückkommen. Können oder wollen Sie nicht sagen, wer den Schuss abgegeben hat?"

Die Antwort kam prompt: „Ich weiß es wirklich nicht. Fakt ist, dass mich Herr Reiter mit der Waffe bedroht hat. Ich habe versucht, ihm die Pistole wegzunehmen. Im Nachhinein halte ich dies für blödsinnig und vielleicht auch gefährlich. Es gab ein Ringen zwischen Reiter und mir. Wir haben uns angebrüllt und auch körperlich attackiert. Dabei ist die Pistole losgegangen. Wenn mein Finger den Abzug betätigt haben sollte, ist es sicher Notwehr. Ich bin mir keiner Schuld bewusst, hätte mich aber besonnener verhalten sollen."

„Das nehmen wir mal so zu Kenntnis," entschied Kommissar Waski. „Unsere Kriminaltechnik wird sicherlich genauere Angaben zu Ihrer Prügelei mit Herrn Reiter liefern können.

Sie können jetzt mit Ihren Leuten nach Hause fahren, aber ich muss Sie bitten, das Kreisgebiet nicht zu verlassen.

Wir werden uns morgen noch einmal mit Ihnen und Ihren Verwandten unterhalten.

Ich schätze, das Gespräch kann am frühen Nachmittag stattfinden, Sie erhalten rechtzeitig Bescheid.

Sie werden in den nächsten Tagen sicherlich über Ihre Schwägerin erreichbar sein?"

Friedrich Stegel bestätigte dies und wurde entlassen.

Kommissar Waski bat Miriam, die angehende Kommissarin, Herrn Stegel in den Aufenthaltsraum zu bringen, wo seine Verwandten und viele Mitarbeiter der *Soko* den ersten Teil der Befragung verfolgt hatten.

HK Lutz Waski ging ins Büro seines Chefs und traf dort den Kriminalrat Torsten Haase, HK Kurt Kunze und den 1. HK Norbert Prasse, Leiter der Abteilung Raubstraftaten, bei der Vorbereitung des abendlichen Einsatzes.

Die drei Männer unterbrachen ihre Diskussion und Torsten Haase fragte: „Lutz, wie ist es bei euch gelaufen?"

„Sehr gut," lautete die Antwort. „Die abenteuerliche und meines Erachtens einmalige Story, die Friedrich Stegel erzählt hat, solltet ihr euch unbedingt baldmöglich anhören."

„Machen wir," sagte Torsten Haase. Nun aber zu heute Abend. „Lutz, Sie haben als Chef der Soko Kopf natürlich die Leitung des Ganzen – aber! – am Hauptbahnhof in Frankfurt dürfen heute Abend weder Sie noch irgendein Mitarbeiter von uns, den Ilona Stegel oder Gisbert Habermann kennen könnten, in Erscheinung treten.

Die Leitung der Aktion am Bahnhof und im Zug wird HK Kurt Kunze übernehmen. Er wird zusammen mit Helge Reiter zum Zug gehen und neben ihm Platz nehmen. Wie und wo wir die weiteren Kollegen einsetzen, besprechen wir mit allen möglichen Varianten anschließend.

Der ICE fährt 20:15 Uhr (wenn er pünktlich ist) am Hauptbahnhof ab und hält 20:27 Uhr am Flughafen. In diesen zwölf Minuten werden Stegel und Habermann verhaftet und am Flughafen-Frankfurt *ausgeladen*. Dort werden sie dann von HK Waski und seinen Leuten in Empfang genommen."

Damit beendete der Kriminalrat seine Ausführungen und die Männer gingen an die Detailarbeit.

35.

Am Hauptbahnhof Frankfurt/Main gingen Helge Reiter und in einigem Abstand HK Kurt Kunze zügig zum Gleis 18, wo der ICE 318 zur Abfahrt bereitstand. Helge Reiter war ziemlich bepackt. Er führte einen großen Rollkoffer, einen nicht gerade kleinen schwarzen Aktenkoffer sowie eine Laptoptasche mit Inhalt mit sich. Außerdem hatte er noch einen Rucksack umgeschnallt.

Der Kommissar hatte nur eine braune Aktentasche bei sich.

Beide bestiegen den Wagen, wo sie im mittleren Abteil für die Plätze 74 am Fenster und 71 am Gang Platzkarten hatten.

Helge Reiter nahm am Fenster Platz und schaute immerzu zur Tür.

Kurz vor der für 20:15 Uhr vorgesehenen Abfahrt betrat Ilona Stegel das Abteil. Sie warf einen Blick auf den ihr fremden Mann, der mit seinem Handy hantierte, und ging schnurstracks zu Helge. Sie gab ihm einen Kuss und sagte: „Die Reise kann losgehen. Hat es mit dem Safe geklappt? Hast Du alles?

„Ja," lautet die Antwort und Reiter zeigte auf den schwarzen Aktenkoffer, der zu seinen Füssen stand. „Aber wo ist Dein Koffer?"

Ilona antwortete: „Den habe ich schon ins Hotel nach Köln vorausgeschickt, wir haben dort eine Zwischenübernachtung."

Der Zug fuhr an und Gisbert Habermann betrat das Abteil. Er ging sofort zu seiner Freundin, küsste sie innig und sagte dann zu Helge Reiter: „Helge, wir danken Dir für Deine Hilfe, aber das neue Leben werden Ilona und ich in Südamerika beginnen. Wir bitten Dich, den Zug zu verlassen, wenn er gleich am Flughafen Frankfurt halten wird."

Reiter sah Ilona Stegel an.

Diese sagte: „Helge, es tut mir leid, aber *Gisi* und ich kennen uns schon von der Schulzeit und alte Liebe ist eben stärker als alles andere. Mach bitte keine Schwierigkeiten."

Helge Reiter stand auf, nahm den schwarzen Aktenkoffer und wollte das Abteil verlassen.

Gisbert hinderte ihn, stellte sich in die Tür und sagte: „Helge, so nicht. Der Aktenkoffer bleibt selbstverständlich hier!"

Reiter wurde energisch: „Herr Habermann, dieser Koffer gehört mir und ich werde ihn mitnehmen. Lassen Sie mich bitte durch."

„Stell sofort den Koffer hin! Dann kannst Du gehen. Sonst ergeht es Dir wie Deinem Chef und seinem Bruder," sagte Habermann und zog eine Pistole.

Die Zugbegleiterin erschien vor dem Abteil. „Was ist hier los?" Dann sah sie die Waffe, die Habermann in der Hand hielt. Er sah sich kurz um und musste feststellen, dass die Zugbegleiterin eine Pistole auf ihn gerichtet hatte. Sie sagte: „Ich bin Hauptkommissarin Dehmel und fordere Sie auf, die Pistole unverzüglich fallenzulassen,"

Bevor Habermann richtig denken konnte, stand der Mann vom Gangplatz auch mit einer Waffe in der Hand hinter ihm und erklärte: „Ich bin Hauptkommissar Kunze, heben Sie jetzt langsam die Hände."
Und ehe er es sich versah, spürte Gisbert die stählerne Acht um seine Handgelenke.

Kommissarin Dehmel ging zu Ilona Stegel, forderte sie auf, die Hände auf den Tisch zu legen und verpasste auch ihr die Handschellen.

HK Kunze nahm das Wort: „Sie beide sind vorläufig festgenommen. Als Grund reicht schon die Aktion hier, aber wir haben ihnen mehr vorzuwerfen. Übrigens, sie können gern einmal in den Aktenkoffer schauen."
Er öffnete den Koffer, die beiden blickten hinein – der Koffer war leer!

HK Kunze setzte fort: „Wenn jetzt der Zug am Flughafenbahnhof hält, werden wir alle in Ruhe aussteigen, auch unsere Kollegen, die hier noch sicherheitshalber positioniert waren.
Dort wartet man schon auf uns."

Die ganze Aktion hat sechs Minuten gedauert.

Der ICE 318 hielt pünktlich 20:27 Uhr am Gleis 6 des Fernbahnhof *Frankfurt-Flughafen*.

HK Kunze und seine Mannen stiegen aus und nahmen die beiden Festgenommenen in ihre Mitte. Sie wurden von HK Lutz Waski und seinen Leuten erwartet. Lutz ging zu Kurt Kunze und beglückwünschte ihn zu der gelungenen Aktion. Dieser erwiderte: „Ja, es hat alles wie geplant funktioniert, das Überraschungsmoment war voll auf unserer Seite und Herr Reiter hat sehr gut mitgespielt.

Lutz, ich bin der Ältere von uns beiden und würde Ihnen bei dieser Gelegenheit gern das *DU* anbieten."

„Sehr gern, Kurt, und bei der nächsten Gelegenheit trinken wir Einen darauf," antwortete Waski. Dann wandte er sich an Ilona Stegel: „Ich freue mich, Frau Stegel, dass wir uns wiedersehen. Wir haben schon nach Ihnen suchen lassen.

Sie und Gisbert Habermann werden jetzt in unser Präsidium nach Darmstadt gebracht und dort in Polizeigewahrsam genommen. Morgen werden Sie vernommen und einem Haftrichter vorgeführt."

Auf dem Weg zum bereitstehenden Gefangenentransportern kam Ilona Stegel an Helge Reiter vorbei, sah ihn böse an und sagte: „Helge, Du bist ein mieses Schwein. Du hast uns verraten,"

Dieser entgegnete relativ ruhig: „Ilona, denke einmal darüber nach, *wer* hier *wen* hintergangen und verraten hat. Zeit dazu wirst Du reichlich haben."

Die Festgenommenen wurden abgeführt und Lutz Waski wandte sich an Helge Reiter: „Herr Reiter, ich danke Ihnen für die Mitwirkung an unserer Aktion. Dennoch müssen Sie weiter in Gewahrsam bleiben, morgen sehen wir weiter. Ich bin überzeugt, dass sich ihr heutiges Handeln sehr positiv für Sie auswirken wird."

Die Truppen rückten ab und Lutz Waski und Kurt Kunze standen plötzlich allein auf dem Bahnsteig.

Waski nahm das Wort: „Kurt, wir sollten unseren Chef informieren und uns dann eine vernünftige Kneipe suchen. Mir knurrt der Magen und gegen ein Glas Bier ist wohl auch nichts einzuwenden, zumal ich den Dienst für heute als offiziell beendet erkläre."

„Das ist eine sehr gute Idee,", kam die Antwort. „Ich kenne da ein uriges Lokal, wo wir das Gewünschte bekommen."

Die beiden Kommissare riefen Kriminalrat Haase an, erstatteten Bericht und steckten zufrieden das Lob ihres Chefs ein.

Wenig später saßen sie, jeder mit einer Bratwurst und einem Glas Bier vor sich, im Biergarten vom *Frankfurter Haus* in Neu-Isenburg und ließen mit Gesprächen über Erlebnisse aus ihrer Polizeiarbeit und über Privates den Abend ausklingen.

36.

Freitag, 25. Juli; 8:00 Uhr

Am Küchentisch saßen Steffi und Lutz Waski mit ihren Kinder Tobias und Cosima einträchtig beim Frühstück.

Der Kommissar war gestern Abend relativ spät nach Hause gekommen, aber seine Frau und die Schwiegereltern hatten auf ihn gewartet. Erwartungsvoll blickten sie ihm entgegen, als dieser das Wohnzimmer von Liselotte und Werner Brenner betrat. Lutz begrüßte alle, gab Steffi einen zärtlichen Kuss, nahm sich ein Glas Rotwein und erzählte. Er konnte berichten, dass der Fall so gut wie abgeschlossen ist und alle Täter hinter Schloss und Riegel sitzen. Man diskutierte dann die einzelnen Aspekte noch ein wenig und war sich einig, dass die Sache mit einem Toten und zwei Köpfen doch Seltenheitswert besitzt. Lutz meinte dann: „Wenn Simon Wolf, der Bruder unserer Hauptverdächtigen Ilona Stegel, nicht – von seinem Gewissen geplagt – uns den zweiten Kopf präsentiert hätte, wären die Ermittlungen sehr schwierig geworden.

Morgen Mittag gibt es eine Pressekonferenz, bei der alle Fakten auf den Tisch kommen. Euer Kenntnisvorsprung ist daher gering," schloss er lachend.

Zurück zum Frühstück:

Lutz sagte: „Nun ist die erste Ferienwoche fast vorbei und meinen Urlaub habe ich verschieben müssen. Aber die kommende Woche habe ich frei – wenn nichts dazwischenkommt – und wir sollten am Wochenende planen, was wir unternehmen wollen. Für heute würde ich euch einen Zoobesuch empfehlen. Ich muss nachher nochmals kurz ins Präsidium, denke aber, dass ich am Nachmittag zu euch in den Zoo kommen kann. Da können wir ein großes Eis essen."

„Au fein," freute sich Tobias. „Ich möchte *Himbeer, Vanille und Malaga.*" „Ich nehme *Srtradella,*"erklärte seine Schwester.
„Du meinst sicher Stracciatella," korrigierte die Mutter.
Die Kleine nickte und alle lachten.
Lutz verabschiedete sich und fuhr nach Darmstadt.

Es war 10:00 Uhr.

Im Beratungsraum des Kommissariats K10 der RKI hatten sich die Mitglieder der *Soko Kopf* versammelt.
Der Leiter, HK Lutz Waski, nahm das Wort:
„Liebe Kollegen, ihr habt sicher die Protokolle der gestrigen Einsätze und früheren Aktivitäten zur Kenntnis genommen.
Wir hatten es mit verschiedenen Delikten zu tun. Ich nenne nur: Mord; Anstiftung zu Mord; Totschlag; Vertuschung einer Straftat; Entfüh-

rung; Erpressung und versuchten schweren Diebstahl.

In allen Fällen konnten wir die Täter ermitteln und dingfest machen.

Unsere *KTU* hat auch die Untersuchungsergebnisse vom Büro des Chefs der *EMS* vorgelegt. Auf der Pistole konnten Fingerabdrücke sowohl von Helge Reiter als auch von Friedrich Stegel sichergestellt werden. Am Abzug aber nur die von Herrn Reiter.

Im Safe befanden sich Unterlagen, die noch gesichtet werden müssen, 10 Uhren der Marke Rolex, 12 Goldbarren, zusammen im Wert von einhundertzwanzigtausend Euro sowie erhebliche Mengen Bargeld in Scheinen, fünfzigtausend Dollar und neunhunderttausend Euro,

Unsere Abteilung Wirtschaftskriminalität und das Finanzamt werden sich sicher für die Herkunft dieses Vermögens interessieren.

Ich habe vorhin noch kurz mit dem Kriminalrat gesprochen. Er hat mich informiert, dass die Staatanwaltschaft in allen Fällen Anklage erheben wird. Einzige Ausnahme ist Friedrich Stegel, der wegen der Schlägerei im Büro seines Bruders wohl mit einer Verwarnung davonkommen wird.

Uns bleiben noch zwei Aufgaben.

Es gilt, Gisbert Habermann zu vernehmen, womit ich HK Kurt Kunze und KK Ralf Kleinert beauftrage.

Zweitens muss Ilona Stegel vernommen werden. Dies sollten HK Melanie Forstmann gemeinsam mit HK Kerstin Dehmel erledigen."

Es war 10:20 Uhr.

Gisbert Habermann wurde in den Verhörraum 1 gebracht, wo die zwei Kriminalisten schon auf ihn warteten.

HK Kunze übernahm die Gesprächsführung: „Herr Habermann, mich kennen Sie von der gestrigen Aktion im ICE und neben mir sitzt Kriminalkommissar Kleinert. Ihre Rechte kennen Sie.
Ihnen wird vorgeworfen, den Bruder des Mannes Ihrer Freundin Ilona Stegel ermordet und die Leiche beseitigt zu haben. Außerdem beschuldigen wir Sie, zusammen mit Boris Bogdanow die Entführung von Isabell Stegel organisiert und durchgeführt und in diesem Zusammenhang deren Oma erpresst zu haben.

Möchten Sie sich dazu äußern?"

Die Antwort lautete: „Nein! Ich verweigere die Aussage und verlange einen Anwalt."

„Das ist Ihr gutes Recht," beschied HK Kunze. „Wir lassen Sie jetzt in Ihre Zelle zurückbringen. Man wird Ihnen ein Telefon zur Verfügung stellen und Sie können einen Anwalt Ihrer Wahl verständigen. Falls Sie keinen kennen, erhalten Sie eine Liste und gegebenenfalls wird man Ihnen einen Anwalt stellen. Heute

Nachmittag werden Sie dann einem Untersuchungsrichter vorgestellt.

Wenn ich meine persönliche Meinung noch äußern darf: Ich glaube nicht, dass Sie in Ihrem Leben nochmals freie Luft werden atmen können. Auf Wiedersehen."

Damit wurde Gisbert Habermann abgeführt.

auch 10:20 Uhr.

Im Verhörraum 2 saßen Ilona Stegel mit der Wärterin, die sie aus der Zelle abgeholt hatte.

Die Hauptkommissarinnen Melanie Forstmann und Kerstin Dehmel betraten den Raum und baten die Wärterin, der Gefangenen die Handschellen abzunehmen.

Man setzte sich gegenüber, die Aufnahmetechnik wurde eingeschaltet.

HK Forstmann begann: „Frau Stegel, Sie wissen, weshalb Sie hier sind. Über Ihre Rechte wurden Sie informiert. Ihnen wird vorgeworfen:

a. beim Sterben Ihres Mannes Friedrich Stegel aktiv nachgeholfen zu haben;

b. den Mord an seinem Bruder in Auftrag gegeben und bei der Durchführung sowie der Beseitigung der Leiche entscheidend mitgewirkt zu haben;

c. Herrn Reiter beauftragt zu haben, ins Büro seines Chefs einzubrechen und den Safe widerrechtlich zu öffnen.

Möchten Sie sich zu diesen Vorwürfen äußern?"

Ilona Stegel nickte und begann:

„Mein Verhalten beim Sterben meines Mannes habe ich Kommissarin Bernd am vergangenen Dienstag ausführlich geschildert. Dem habe ich nichts hinzuzufügen, ich würde immer wieder so handeln.

Vielleicht habe ich an seinem Schlaganfall Schuld, weil ich ihn in letzter Zeit sehr strapaziert habe, wenn Sie verstehen, was ich meine. Irgendwie habe ich gespürt, dass Friedrich auf sein Ende zu geht und ich wollte ihm noch viel Lust und Freude schenken. Das ist mir gelungen, wie mein Mann immer wieder betont hat.

Für die Zeit nach Friedrich's Tod hatte ich auch einen Plan. Mit Helge Reiter habe ich vor etwa drei Monaten ein Verhältnis angefangen und wir beide hätten hier ein glückliches Leben führen können.

Doch dann kam alles anders.

Erstens ist vor zwei Wochen Gisi, also Gisbert Habermann, plötzlich wieder einmal aufgetaucht. Er war der erste Mann in meinem Leben und so oft er mich auch enttäuscht hatte, ich war - nein bin - ihm verfallen.

Zweitens kam ein Herr Bogdanow mit einem Kaufangebot für 120 Millionen Euro für die Firma *EMS*. Da wurden wir alle verrückt.

Friedrich hatte zum Verkauf der Firma zwar gesagt: *Nur über meine Leiche,* aber Gisi meinte nur: *Dass kann er haben und Du erbst bestimmt ein großes Stück von diesem Kuchen.*

Dann stand plötzlich der Zwillingsbruder im Raum und mein Erbe schien in Gefahr. Gisi handelte spontan. Er nahm die Spritze, die eigentlich für meinen Mann gedacht, aber nicht mehr nötig war, und brachte den Bruder kurzerhand um. Ich habe diesen Mord gesehen, konnte ihn aber nicht verhindern und habe ihn auch nicht in Auftrag gegeben.

Inzwischen war Simon, das ist mein Bruder, gekommen. Wir erklärten ihm, was passiert war und gemeinsam beseitigten wir die Leiche.
Mit Mühe konnten wir Simon davon abbringen, die Polizei zu rufen. Wenn ihn sein Gewissen nicht so geplagt hätte, dass er die Dummheit mit dem abgetrennten Kopf in der Bio-Tonne gemacht hat, wäre alles friedlich im Sande verlaufen.
Dann stellte sich heraus, dass ich von den Firmenanteilen sowieso nichts geerbt hätte. Wir mussten aber verschwinden. Ich hatte mich für Gisi (wie immer) und gegen Helge entschieden. Diesen haben wir aber benutzt, uns aus dem Safe von Friedrich, ich kannte das Passwort, das nötige Startkapital für unser neues Leben zu beschaffen. Wir wollten gestern Abend mit dem Zug von hier verschwinden,

fliegen ging nicht, weil Kommissarin Bernd meinen Reisepass mitgenommen hatte.

Wie das Ganze ausging, ist ja bekannt."

Ilona Stegel hielt die Hände vors Gesicht und weinte.

HK Kerstin Dehmel übernahm; „Frau Stegel, wir danken Ihnen für Ihre Ausführungen, sie stimmen im Wesentlichen mit unseren Ermittlungsergebnissen überein. Details werden sicher später zu klären sein, aber das ist dann schon Sache der Justiz. Sie werden heute noch einem Untersuchungsrichter vorgestellt, der sicher Untersuchungshaft bis zum Prozessbeginn anordnen wird. Ihnen dürfte klar sein, dass Sie eine Verurteilung zu einer längeren Freiheitsstrafe erwartet. Ich kann Ihnen nur empfehlen, sich einen Anwalt zu nehmen."

Ilona Stegel wurde abgeführt und traf auf dem Weg zu ihrer Zelle mit Friedrich Stegel (Fdrei) zusammen, wie das HK Waski arrangiert hatte.

Es entspann sich folgender kurzer Dialog:
Friedrich! Du lebst?
Ein Friedrich Stegel ist nicht totzukriegen.
Ilona, ich hoffe Du erhältst eine gerechte Strafe.

Die Kommissarinnen hatten den Wortwechsel vernommen und begaben sich in den Beratungsraum, wo die *Soko Kopf* nunmehr vollständig versammelt war.

12:30 Uhr

Kriminalrat Haas nahm das Wort:

Liebe Kollegen, eine ereignisreiche Woche liegt hinter uns. Wir hatten es mit verschiedenen schweren Straftaten zu tun. Alle konnten recht zügig aufgeklärt werden. Die Täter sind überführt und in Gewahrsam. Nun ist die Justiz am Zug.

Ich danke Ihnen allen für die engagierte Arbeit und löse hiermit die *Soko Kopf* auf.

Ich wünsche Ihnen ein schönes Wochenende.

Lutz Waski und Kurt Kunze bitte ich aber, mich in mein Arbeitszimmer zu begleiten. Es gilt, die für 14:00 Uhr anberaumte Pressekonferenz vorzubereiten. Ein Vertreter der Staatsanwaltschaft wird bei unserer Besprechung, und natürlich dann auch vor der Presse, anwesend sein.

Die Pressekonferenz dauerte eine Stunde und Lutz Waski war 16:10 Uhr bei seiner Familie im Zoo.

Personen

Der Kommissar und sein Umfeld

Lutz WASKI, Kriminalhauptkommissar (HK);
Steffi WASKI, seine Frau,
Tobias und Cosima, ihre Kinder
Werner und Lieselotte BRENNER, Steffis Eltern

Die Ermittler

Torsten HAASE, Kriminalrat, Leiter des K10;
Frau SCHREIBER, seine Sekretärin;
Melanie FORSTMANN, HK.
Gisela BERND, Kriminalkommissarin (KK);
Ralf KLEINERT, KK;
Miriam FENDT, Kommissaranwärterin (KA);

Kerstin DEMEL, HK;
Ali DURMAZ, Oberkommissar (OK);
Tina FRITZ, KK;
Evi HAUSER, KK;
Kurt KUNZE, HK;

Daniel GOEBEL, 1. HK, Leiter der KTU;
Heinz WOHLFELD, HK;
Stefan RING, IT-Spezialist

Dr. Heiko BRUNS, Gerichtsmediziner:

Opfer, Täter, Verdächtige und Zeugen sowie sonstige Personen

Friedrich STEGEL, *Chef von Elektromotoren-Stegel- GmbH (EMS)*;

Margarete STEGEL geb. Steiner seine Mutter;

Erna STEINER, ihre Schwester;

Anton STEGEL, Vater von Friedrich STEGEL;

Renate STEGEL geb. Schütz, 1. Ehefrau von Friedrich Stegel,

Wolf-Dieter Stegel, Sohn von Friedrich und Renate Stegel:

Ariane STEGEL seine Frau;

Isabell STEGEL Tochter der beiden;

Ilona STEGEL, geb. Wolf, 2. Ehefrau von Friedrich Stegel;

Simon WOLF, ihr Bruder;

Gisbert HABERMANN, Exfreund von Ilona Stegel;

Helge REITER, Geschäftsführer von *EMS*;

Klara Heimfeld; Chefsekretärin bei *EMS*

Boris BOGDANOW; Makler.

Für die kritische Durchsicht des Manuskriptes und für zahlreiche wertvolle Hinweise bedanke ich mich bei meinem Skatfreund STEPHAN KLINK, Dieburg, meiner ehemaligen Wohnungsnachbarin MARGOT REEG, meinem langjährigen Freund MANFRED RITTER und seiner Frau STEFFI, Görlitz, sowie meinem Patensohn DR. DIETER TAUBERT, Weimar,

Meiner Frau Christel danke ich besonders für das Verständnis, wenn ich viel Zeit am PC verbracht habe.

Eppertshausen im Juni 2025

G.F.

Vom gleichen Autor sind beim Verlag Books on Demand (BoD) Norderstedt erschienen:

GÜNTER FANGHÄNEL

ZAUBERLEHRLINGE UND ZAHLEN

ISBN 978-3-8370-3827-9

Günter Fanghänel

HERMSDORF

Der Tote vom Teufelstal

Kriminalroman

ISBN 978-3-8448-1229-9

Günter Fanghänel

Der Tote auf Gleis 2
Kriminalroman
ISBN 978-3-7322-8498-6

Günter Fanghänel

Die Tote in Kabine 8032
Kriminalroman
ISBN 9783839147641

Günter Fanghänel

Die Tote im Abteiwald

Ein Eppertshausen – Krimi
ISBN 9783739249032

Günter Fanghänel

Der Tote in der Dreieichbahn

Ei

n Eppertshausen – Krimi
ISBN 9783751996174

Günter Fanghänel

Die Toten bei der Zhomadhütte

Ein Eppertshausen – Krimi

ISBN 9783754332412

Günter Fanghänel

Die Tote in Der Sauna

Ein Eppertshausen – Krimi

ISBN 783751916912

Günter Fanghänel

Der Tote in Nachbars Garten

Ein Eppertshausen – Krimi

ISBN: 973819298103

Günter Fanghänel

Ein makabrer Fund am Oschütztal-Viadukt und andere Kurzgeschichten

ISBN 78373576000

222